予感

　旅行を終えて帰ってくると、わたしの家は消えていた。

　正確にはわたしがその三〇三号室を借りている賃貸マンションが消えていたのだけれども、持ち家でな

くとも家は家、唯一無二のわたしの家だ。その家が消えてしまった。

　いつか、これに似た何かが起こるという予感はあった。仕事から帰ってきたら家が燃えていたり水

浸しになっていたり空き巣と鉢合わせしたりすることも、ありえなくはないと思っていた。なにし

ろ不注意な自分のことだ、今回の旅行でだって財布入りのバッグをまるごと置き引きされて

いる。旅先での置き引き被害は三度目だから、もう驚くようなことでもない……とはいえ家が消

えたのはさすがにこたえた。気づいたときには道端に座り込んでぶるぶる震えていた。震えな

がらわたしは、こういう大きな災難が起こったときにはまず、実家に電話しようと決めていた

ことを思い出した。実家には父と母と父方のおばあちゃんが住んでいる。携帯電話を取り

出して応答を待つあいだ、立ち上がって目の前の更地をよく見た。

风

风

［日］ 青山七惠

著

蔡鸣雁 译

上海译文出版社

目 录

预感   *1*

跳舞   *7*

两个人   *41*

风   *131*

预　感

旅行结束归来时，我的家居然消失了。

准确说来，是我租借了其中的三〇三号房间的那个公寓消失了。纵然它不是我自己的房子，家终归是家，是我独一无二的家。这个家不见了。

我曾有一种预感，早晚会发生类似这样的什么事。我常想，也不见得不会发生诸如下班归来时发现房子起火、水漫金山，或者迎头碰上家里被洗劫一空之类的变故。毕竟粗枝大叶如我，就在这次的旅途中，装有钱包的手包还被人囫囵个儿偷走。旅途中被人偷包的遭遇已有三回，已经没什么值得大惊小怪的了……话虽如此，房子坐地消失还是狠狠打击了我。等我回过神来，人已坐在路边抖作一团。虽然浑身战栗，当摊上这种飞来横祸之时，我首先想起的还是给父母家打个电话。父母家里住着爸爸、妈妈和祖母。拿出手机等待接听的时间里，我起身仔细端详眼前的空地。

与其说房子消失，倒是更像只是被拆毁而已。黑乎乎的土地上原貌呈现出公寓倒写的 L 字形状，中央鼓起一座小山。街灯灯光下看不真切，但小山前面似乎躺着银色的东西，大概是水龙头，旁边两个并排的影子像是放在正门入口处的盆栽发财树和槟榔树。莫非这里变成了农田？实际上东侧相邻的空地早已是农田。夏日里，我从三楼的走廊可以清楚看到里面种着许多茄子、番茄、玉米之类的深颜色菜蔬。可是现在，只有漫漫一片藤蔓状植物覆着那片田地。

父母家的电话无人接听。没准儿父母家也已变作一片田地。我闭上眼睛，凝神静听手机，呼叫音里没有田地的迹象。我定了定神，决定拨打一一〇。前年我遭人抢包时曾打过一一〇，上中学时还用公用电话打过。接电话的是名女警。当我诉说旅行归来，家居然消失了时，她立即问了我住址。我本已做好心理准备，以为可能不会被人认真对待，却没料到她说马上派一名警察过来。警察骑着自行车过来了，而且刚一用脚支地歪倒站住，便从行李架上的白色罐子里拿出一件什么东西，认真对照着眼前的空地看起来。我偷瞄了一眼，是张地图。警察随后把我带到派出所，让我写下姓名、年龄、住址和就职公司，还给了我一张到最近的商务酒店的地图。我按照标示乘上电车，在第四站旁边的那家酒店办理了入住手续。

虽然天降横祸，但因为是旅行归来，洗漱用品和换洗衣服好歹齐备，算是不幸中的万幸。家虽然没了，只要有洗漱用品和换洗衣服，或许在哪里都可以生活。然而我旋即想起钱来。我在行李箱和钱包里分开放了三万块钱，用剩下的钱好歹可以解决今晚的花销，可是我怎么才能取出银行里的存款呢？存折和印章都和房子一起丢失，就算去银行窗口，也需要异常繁复的手续吧？更要紧的是明天怎么上班？行李箱里净放了些T

恤和棉布裙，没有可以穿着上班的衣服。我站在窗边，久久眺望着或许曾经有过家的方向。

熄灭房间的灯之后，我再次给父母家里打了电话。分明是妈妈焦急地拿起听筒说"喂、喂"，却是爸爸在问我："怎么了？""是爸爸吧？"我问，结果竟然传来"我是奶奶呀"的回答。我讲了自己旅行归来后，家居然不见了的事情。不仅如此，我还讲了迄今为止发生过的所有倒霉事，包括旅途中手包被盗、前年遭遇的抢包事件，甚至还追溯到自己两次被盗、遭遇车祸，以及数不清的丢三落四等等。话筒那边时不时传来咳嗽着附和的声音。那声音似乎不属于仨人之中的任何一个，是他们仨人全部的声音。"可是这次是我的家呀，我没了家呀！"我哭着说，"我真是够了，为什么偏偏只有我非要接二连三地遭受灾难呢？"

于是，爸爸、妈妈和祖母说话了：

"你不要说些身在福中不知福的话了。那不正是你在过着自己的人生的证据吗？"

跳　舞

优子曾经是个不跳舞的孩子。长大之后依然不跳舞。她不跳舞地度过了漫漫人生。

"来跳舞吧!"

此刻,她正站在香港夜总会的一个角落里,身穿密密麻麻缀满亮片的无袖连衣裙,戴着蓝色板羽球耳环和细金属手镯,还罕见地化了浓妆。

"快点跳起来吧!"

朋友簌簌抖动着重心压低的腰肢,扭动着雪白的手臂,邀请优子。在他们近前跳舞的一个本地男人突然转向她们,张大嘴巴笑了,好像很开心的样子,仿佛置身此处是件好笑得不得了的事情。笑声自然传不到优子耳朵里,就连朋友的话她也并未当真听到。所有一切只是优子的推断。

舞曲没完没了。

"你不跳舞吗？"

朋友面露困惑，一边踩着酣畅淋漓的舞步，一边还在邀请优子。

"不了，我。"

优子没有出声，只是动了动嘴唇。

"不了，不了，我……"

最先发现优子不跳舞的人是一位叫木下的新老师。

木下老师口琴吹得非常好。她一吹起口琴，小鸟就会从院子里飞过来。木下老师身材高大，性格开朗，可是不知为何却不受幼儿园孩子的欢迎。老师认定是因为自己臭，黯然神伤。

这位木下老师在一年一度的游戏会节目中教孩子表演集体舞 *Chim Chim Cheree*[1]。运动神经迟钝的

---

[1] 迪士尼电影《欢乐满人间》的插曲，因歌曲朗朗上口，在日本的孩子中广为传唱。

孩子每一年都会占固定比例。木下老师的舞蹈教授已得到公认，因为再怎么迟钝的孩子，经过一番得心应手的训练之后，看上去都会跳得和其他孩子一样准确无误。老师的色彩感也煞是丰富，服装设计和照明全都是她一手搞定。不过，其实老师是想自己一个人跳的。在灯光洒落、空无一人的公民馆大厅里，打开摄像机，穿上自己制作的服装，沐着白色的聚光灯光圈翩翩起舞，然后再欣赏录下来的影像。等有相处融洽的朋友来家里时，便给他们看录像，并加以说明。可是老师的公寓里连双客用拖鞋都没有。因为老师害怕那连自己都搞不清楚的臭味，所以从不招呼任何人来家里。

一个大雨初歇、令人神清气爽的早晨，木下老师开始排练。

老师让身穿蓝黄相间娃娃衫的幼儿园孩子排成两排坐好，开始播放音乐，首先自己跳给孩子看。有的孩子在吮手指，有的孩子涨红了脸，泫然欲泣，也有的孩子按捺不住，很快便在老师旁边模仿起来。一曲终了，老师蹲在卡式录音机前，把手伸向停止按钮，此时她已有几分陶然。孩子反应不错。"老师再跳一遍。""大家站好。"老师让孩子起立，把队伍排得更加整齐，然后从前奏部分，也就是让孩子把手背在后面和拍子的地方开始教。我会让这些孩子跳得很出色，我绝不会让一个人掉队出丑，老师的心在燃烧。然后接下来该干什么了？

"大家一边数到六，一边从拿筷子的那只手做起！"

舞蹈教授进展顺利。木下老师教完一、二、三，然后再从一开始反复教起，照这情形看，记忆力好的优秀孩子到中午就能学会一半曲子了。

"来，我们从开头跟着音乐做一遍吧！"

老师非常喜欢小不点儿的孩子与音乐的组合。木下老师倒好磁带，按下按钮，前奏从略带忧伤的华尔兹旋律开始。小不点儿们把手背在后面，绷着脸，仿佛整个身体都在和着拍子点头一般。正是为了这样的瞬间，老师才当了老师。木下老师现在的确置身于幸福之巅。

Chim chiminey，Chim chiminey，Chim chim cher-ee！我是一个打扫烟囱的人……

刚刚还以为一切进展顺利，可是就在短短的数秒之后，老师便从幸福之巅跌落了——唯独有一个孩子不跳舞。

老师面带笑容，不动声色地走向那个不跳舞的孩子，然后就像给全体孩子展示一样，示范行进中的舞蹈动作。那孩子依然不动，既看不出焦躁也看不出羞愧，她只是紧盯前方，一动不动。倒是老师焦急起来、羞愧起来了，虽然如此，她却并未停止跳舞。老师一口气跳到最后，只有几个积极的孩子很起劲地模仿着跳。感觉老师像是被迫在跳。

"你们跳得很好。"

那个不跳舞的孩子这会儿终于动了起来，她一会儿摸摸刘海，一会儿把手放进娃娃衫的口袋里摸摸索索。该不该点她的名字问问情况呢？老师不知如何是好了。可是突然间那孩子仿佛察觉到什么一般，抬头望着老师，露出满脸笑容："老师，由也君把小望弄哭了！"孩子当中有一人哭了起来。老师在围裙上擦了擦手，蹲在那个哭泣的小女孩身边，用宽大的手指肚温柔地帮她拭去眼泪，可是那孩子突然扬起脸，跑向教室后面的放毛巾处，拿印花的小毛巾咯哧咯哧使劲擦脸。其他孩子早已对争执失去兴趣，摆弄起手指或头发来，自己娇宠着自己。

直到游戏会正式表演那日，木下老师日复一日地教孩子跳舞。可是无论怎么悉心教授，唯独那个孩子不跳舞。她倒是把每一个动作都记下来了，然而只要开始打拍子或是放音乐，她就立即不动了。真不知道是怎么了。（只要我一靠近，这孩子就微微抽动鼻子。）教舞蹈期间，纯朴的老师光看见那孩子银色小糖珠一样的小鼻孔了。（就连这小鼻孔都要拒绝我……我真是太臭了……所以这孩子是为了泄愤才不肯跳舞……）只有这孩子是正直的，这孩子不懂谄媚，将来要吃苦头的……像我这样的……男女老少全都不喜欢我……要是我能生得哪怕再漂亮一点点……或者能再瘦一点，再或者索性长成彻头彻尾的大块头……一定是从一开始就错了，其实我应该马上辞掉这份工作，到大海那边遥远的国度去的……去开始一场探寻幸福之旅……

　　因为不能让那孩子一人在角落里学习，木下老师决定在外观上下点功夫，通过其他孩子的手舞足蹈来遮挡那个不跳舞的孩子。因为那孩子好歹会踏步，所以就让她从头到尾在原地踏步。就这样，得益于安排之妙，那孩子看上去竟具有了某种威严——像是老到的乐队指挥那样的令人敬畏的威严。老师走近她，轻声说："优子一定能做到的。"老师又说："如果感觉能够做到，也可以打着拍子，和大家一起跳起来。嗯，就算不和大家一起，你也可以只跳你自己的，只要优子高兴，你想怎么做都行。"

就这样解决了所有的问题。不听话的孩子所必需的只是自尊心和别出心裁的精神，此外别无其他。老师感觉自己比别的老师前进了一两步。

到了翘首以待的游戏会当日，从幕间望着孩子跳起可爱的舞蹈，木下老师独自潸然泪下。那其中有着和谐，有着淡淡的诗情画意。老师感动了。服装、照明，一切的一切都完美无瑕。她再次置身于幸福之巅。

优子一人面色苍白，被翩然起舞的孩子围在中间，反复做着单调的原地踏步。

（不必踏上旅程了。）老师热泪纵横。

有个少年曾对着不跳舞的优子怒吼。

他是河合俊介，一个十四岁的少年，二年级 C 班的广播委员。

不知何故，这个年级的学生从一开始就满溢着令人瞠目的独立自治精神。这些一天到晚被自产的正义感打磨着的孩子面庞光润，他们极其喜爱多数表决的逻辑。他们通过钟爱的多数表决否决了在夏令营基地跳传统叉子舞一事。这在基地建成以来闻所未闻，无论哪家学校在这里跳的都必定是叉子舞。

"怎么处理？"

收到一个年级二百八十人签名申请的年级主任将这一公案摆上了教工会议。"我来交涉。"一名果敢的青年教师用短手指斜戳着大大张开的手掌，说。

"要是这样的话……"

翌日，河合俊介和他的同伴被叫到理科准备室，青年教师负责听取意见。孩子们的意思很清楚，也就是说，男孩子不想和女孩子、女孩子不想和男孩子手牵手。他们讨厌无中生有的青春期。与之相比，他们更希望早点结束学业，走上社会挣钱，开心玩耍。

"我们不想跳土里土气的舞蹈。"

河合俊介挺起厚实的胸板，用傲慢的口吻说。青年教师做出意味深长的表情，庄重地点点头。

"不过，一次舞都不跳的话，夏令营岂不太寂寞了？外国的孩子就是从这么小的时候开始日常跳舞了呀。老师我从前在伦敦的时候，乐手在地铁通道里表演热闹的音乐……于是通道正对面的女孩子跑过来，笑着跳起舞来。就像是盂兰盆节和新年一起到来一样，任凭 T 恤衫扯破了、连衣裙打起卷儿，也都毫不介意，就像精神失常了似的……真是了不起呀，她们只是因为喜欢跳舞，想跳就跳呢……等音乐结束，她们边说 Thank you[1] 边笑着跑回原先的对面。我很吃惊，真想和她们一起跳，也是因为自己一人难为情，只好旁观了。如果你们不喜欢叉子舞，跳个别的舞不也挺好吗？”

"那我们采取多数表决。"

最终，老师说的“别的舞”得到了认可。河合俊介立即召集了韵律操部的教授负责人和每个班各选出来的两名舞蹈委员，当天就从广播部管理的 CD 箱子里挑选出音乐，亲自进行改编，完成了舞蹈音乐。离夏

---

[1] 英文，谢谢。

令营开始还剩三十五天，已经无法回头了。被委任负责领舞的是韵律操部的蜷川惠子，她因为暗恋着俊介，所以迫不及待地鼓足干劲，考虑起如何教授。她抱着把自己十四岁的整个夏天奉献给这场挑战的想法，在大镜子前面一个人翩翩起舞，她稚嫩的乳房转眼膨胀起来，乳头摩擦着运动胸衣，时时作痛。

第一次全体彩排安排在学期末最后一个周六的第三节课，总负责人当然是二年级 C 班的河合俊介。以蜷川惠子为首的每班两名舞蹈委员已经完美掌握了舞蹈教授，他们已将全部的舞蹈动作和队形变换教给了各自班级的同学。万事俱备。委员在体育馆的主席台上站成一排，排练开始了。因连日暑热疲惫不堪的老师只消在后面监视学生跳舞即可。

排练进展顺利。蜷川惠子因为有跳爵士舞的经验，舞蹈教授格外得心应手。她站在主席台上跳得如痴如醉，几乎所有的女生都注意到她鼓起来的乳房。"快看呀，那个……"她们一边悄悄传递着从便利店买来的果汁软糖，一边互递眼色。她们无一例外具有一双澄澈的眼眸，只要是想看见的事物，都会一览无余，清清楚楚地尽收眼底。

"如果表现得好，这就是最后一次了！请大家鼓足精神跳起来！"

开始播放音乐。主席台中央，俊介像总督一样仰靠在铁管椅子上，眺望着全体人员……可是，还没等他歇口气的工夫，便发现了无法原谅的造反行为。

"请好好跳！"

俊介抓起扩音器，怒吼道。整个体育馆都因这可怕的怒吼凝滞了。不过，蜷川惠子跳起舞来了，学生也都跟着跳。他那因愤怒而震颤的目光转向 A 班正中央附近，视线前方站着的女生纹丝不动。宛如凝望一只停在阳台上的珍稀蝴蝶一般，他的视线固定在某一点上不动了。

"请跳起来！"

俊介再次大叫道，优子却依然一动不动。（也许她听不见？）就在少年心生怯意的瞬间，她穿过队列，一屁股坐到为老师摆放的椅子上，胳膊抱在胸前，还架起二郎腿，以眼还眼地瞪着他。这下子俊介站也不是坐也不是了，他放下扩音器，走下主席台台阶，跑到她跟前。专心跳舞的学生无人发现这一动静，只有蜷川惠子从主席台上守望着他的去向。

"桥本。"

河合俊介为自己的记忆力骄傲，尽管怒火中烧，他依然能如此自然而然地记起眼前这名女生的名字。

"你不舒服吗？"

"没有不舒服。"

"那你为什么不跳？"

"对不起。"

"舞蹈委员认真教过你了吧？"

"是的，教过了。"

"那就请你跳起来。"

"不……"

"大家都在跳，所以请你跳起来。"

"不，我……"

"不要说'我怎么样'！"

"可是……"

"这可是全年级同学决定的事情！所以这么热的鬼天气里，大家也都在拼命排练吧！请你不要任意妄为！请不要为自己一人轻松而给别人添麻烦！"

优子面色苍白，站起来回到队列里。音乐刚好结束。学生喘着粗气，拿磨起球的小毛巾擦着汗，或是转动脚脖子。

"再来一次！"

俊介喘着粗气喊完，音乐再次响起。虽然有零零落落、含糊不清的抱怨，可是一旦跳起舞来，每个人都精神焕发。然而优子依然不跳。俊介咬牙切齿地迎面凝视着那个一动不动的身影。"河合君也在上面跳一下吧。"坐在附近的一名C班老师悄悄催促俊介。俊介一边咋舌一边返回主席台，跳起比在场的每一个人都脱俗的舞蹈。

　　集体舞被安排在夏令营总共三日两晚的行程中的第二个晚上。这一刻终于来临了，河合俊介那从早到晚压抑着的勇士临阵之威终于得到了彻底的释放，他作为年级负责人站上了中央舞台——接下来即将开始的派对将在基地历史开创先河，也许在数十年后的同窗会上依然会被大家谈论——俊介的笑漾上心头。然而，就在他浅笑盈面地从舞台中央望向全体等待音乐响起的同学的瞬间，却突然打蔫了。然而大音量的音乐已经响起，根本不理会负责人的心情突变。蜷川惠子头缠黄色印花大手帕，扭动着腰肢，俊介在她身边勉勉强强跳了起来。眼前展开一幅他亲手绘制的地狱图。在这件事发生之前，本该通过多数表决取缔夏令营本身的——对河合俊介而言，和同年级的同伴一起进行多数表决就像黏膜附着在胃上一样不能割舍，同伴的本质不可能存在于多数之外。而今，多数派的同学依然如此，他们毫不怜恤处于极度痛恨之中的他，每个人都面色潮红、笑容满面地跳着舞。就连身穿紧身运动套衫的老师都情不自禁地模仿着跳。然而，等到乐曲进入后半场、第二个队形变换完毕、变作嘻哈风的时候，有一个人给俊介死掉的热情吹来了温热气息。（又是那个家伙！）长长的发辫垂在面颊两侧的优子没有跳舞。俊介勃然大怒，真想立即走下舞台去摇晃优子。拒绝"全体"的人全都是他的敌人，而此刻他的敌人是他自己，应该仅是他自己一人。（我非让她跳舞不可。）俊介原地站立，再一次远远地打量着优子。她却依然不跳。斗志昂扬的他再次想要跑开，然而舞台却被仿佛已变作跳舞亡灵般的舞蹈委员那挥汗跃动的身体塞得水泄不通，他动弹不得。无奈，俊介只得从密密麻麻的亡灵的缝隙间一边跳舞一边凝望着优子。在这可怕的狂热中，她保持着可怕的身姿不跳舞……她那可怕的不跳舞的身姿不仅成为照亮炼狱底部的唯一光亮，甚至于使得这种丑恶愈发加重。俊介很快便停止振臂，停止扭腰，停下舞步。此刻，他需要一种鼓舞。于是他从后面悄悄爱抚着紧挨他右侧跳舞的蜷川惠子那紧身运动短裤下包裹着的屁股。剧烈摇摆着的屁股却将他的手指如罂粟种子般震落。

无人注意到已一动不动的俊介，他们全都在如痴如醉地跳着舞。直到音乐结束，他们依然没有停止舞蹈。

蹲在地上的俊介被舞台上的委员拥抱着、推搡着、踩踏着，转眼变小，旋即被人群淹没。蜷川惠子的黄色大手帕散开了，被吹向激情燃烧的校园狂欢之中。

优子私立大学毕业以后，就职于都市银行，成为一名窗口小姐，她利用假期和大学时代的同级好友去香港旅行。夜晚，虽然专门化好妆来到夜总会，她却理所当然地依旧不跳舞。

朋友广美被拒绝之后，只好一个人跳起来。她感觉有男人庞大的身躯紧挨着自己。一个男人纠缠过来，抚摸她裸露的肩和两只臂膀，没过几秒就又换作另一个。广美由着那些男人，因为她希望在这以享乐为目的的有限时刻里，以自己的方式尽情爱着和自己共处这一空间的所有人。闪光灯不时射向地面。那银光中浮现的情景仿佛某处美术馆角落里的一个幽静房间，无人造访，只有无脸的雕像排排站立。（可是优子怎么了？）广美停止跳舞，在黑暗中寻找朋友。她在尽情舞蹈的人群中摸索着前行，终于走到墙壁处，便左手扶着墙慢慢走起来。应该在这里跳了有一小时，眼睛却一点也适应不了黑暗。也许因为大音量的音乐影响到耳朵，连眼睛也跟着不正常了。既然这样，这双手或许总还有办法。粉嘟嘟的干燥墙壁不知何时带上了冷冰冰的湿气，广美一只手摸着一个柱子样的东西，另一只手灵活地从手包中取出手帕，擦了擦额头上的汗，然后把燥热的身体靠在冰冷的柱子上，得以休息片刻。过了一会儿，柱子那里有人喊她的名字。

"哎呀，你竟然在这里！"

优子穿着前一天在女人街上结伴买来的缀满亮片的连衣裙，羞涩地笑着。

"跳舞了吗？"

广美问，优子摇摇头。

"我跳了很久，已经够了。回去吧？"

广美在优子耳边大吼，优子点点头，表示同意。两个人从夜总会叫了计程车，回到酒店。

第二天早晨，两个人在酒店半地下的早餐大厅里漫不经心地吃早饭。优子自从在房间里道过早安之后几乎一言未发，她的脸像换了个人似的苍白浮肿。也许是昨天晚上我强人所难了吧？没准儿这孩子从一开始就不想去那种不正经的地方吧？或许那大约一小时的单独行动不是来自这孩子的胆怯，而是她抗议的表现吧？广美开始一字一句地回忆起昨天傍晚在女人街的露天店铺里发现亮片衣服时的交谈。"想不想穿着这样的衣服去跳舞？"她不假思索地这样说。于是优子回答："好啊，毕竟也算出了趟国。""嗯，那咱们去去看？去那种地方？""那种地方？""就是能跳舞的地方，穿上这个。""说的是啊，好像蛮有趣呢。""嗯，那我们就当

27

真去吧？""穿上这个闪闪发光的东西吗？""话说这个多少钱？""五十港币！这也……太便宜了！"

在这一连串的对话中，广美没有找出自己哪里有过失。她定了定神，重新在膝盖上铺好餐巾纸，冲着正像喝粥一样吸酸奶的朋友露出微笑。

"旅行就只剩下一天了呢。"

"是啊，快乐的事情总是转瞬即逝呢。"

优子露出霸气全无的笑脸，回答道。她的"快乐的事情"的内涵是否包括昨晚的夜总会呢？广美再次担心起来。她感觉那句回答似乎决定了这场旅行是否合格。

"昨晚累不累？"

优子马上回答"一点儿都不"，然而在她回答的前面置入的不到一秒的短暂沉默又一次激起广美的罪恶感。

"对不起，我好像带着你瞎跑了……"

"哪儿来的带着我瞎跑啊？"优子露出微笑，然后说，"我在那里很快乐呢。"

"当真？"

话一落地，广美就留意到对面墙上的镜子中自己那卑微的笑脸，她红了脸。优子拿起盘子里的香蕉，小心翼翼地剥了起来。

"喂，优子……"

"什么事？"

"对不起，或许我把你扔在一边，光顾着自己高兴了……"

"没，你别在意。我喜欢那种地方的呀。"

"是吗？……可是……"

"如果广美你还想再去一次，今晚也可以去呀。"

"嗯，算了吧……不过，如果优子你想跳舞的话，我当然会去的。"

"我就算了。"

"为什么？难为情吗？"

"不是的，和难为情是两回事……"

优子咬了一口剥得干干净净的香蕉，微微笑了，然后几乎不加咀嚼地把一整根香蕉塞进嘴里，然后又拿起一只橘子，开始剥皮。

此刻，广美感觉坐在眼前的朋友不知何时，甚至可以说在漫长交往中第一次触及了某种纤细的、极为私人的精神问题。她拿汤匙"沙沙"地插入盛着麦片的盘子，做出陷入沉思的样子。她感觉也许这样，朋友的心情才会轻松一点。年轻的服务生走了过来，砰的一声将咖啡壶放在桌子正中央，仿佛这份工作令他不快到了极点。两个人刚在桌旁坐下，他就立即带着谄媚的眼神走了过来，问："二位小姐，要咖啡还是茶？"她们俩同时回答："咖啡。"送来的明明就是点的那壶咖啡……广美瞪着大摇大摆走开的服务生的背影。话虽如此，无论他的工作态度多么粗糙，但既然是他自己的选择，广美只能予以肯定。这是她爱世界的第一步。

"优子，不管跳不跳舞，你都是你。"

对态度冷淡的服务生，对眼前因何事踌躇不已的闺蜜，对全世界，广美的肯定感不可遏止地油然而生。陶醉于这种感觉之中，广美仿佛反向理解了每一句话一般，说：

"我想呢……我想，有的人无法做到某种特别的事情，也和能做到某种特别的事情一样，都是一种才能啊。"

优子把橘子汁滴在手指上，一脸认真地默默听着。

"所以没必要觉得难为情或者加以隐瞒呀……就像即使能做到什么特别之事，也没必要炫耀或者骄傲一样……只要做自己就好……世界一定会原谅我们……所以我们完全不必考虑得太复杂，只要对世界敞开心扉就好了呀……对吧——你不这样认为吗？"

优子含混地笑了。她强烈感觉广美产生了某种严重的误会，不过，也许那同时也是优子自己的误会吧——不管如何，数年前发生过的一件非常事件此刻掠过她的脑际。

那是六月的一个早晨，传来世界当红巨星的讣告，优子敞开屋子里的所有窗户，正在化妆准备去上班。她晃了晃淡蓝色容器，刚准备涂抹防晒霜的时候，隔着一条窄路正对面的一户人家开始大音量播放无人不晓的已故明星的著名曲目。穿着长睡裙站在洗手间里的优子感觉心中一阵奇异的躁动。她想走过去关上窗户，却感觉一向无任何压力移动的双脚竟然莫名其妙地走一步就要间杂片刻奇异的休止，一步一步地往前走着。优子在房间正中央站定。这时她感觉肩膀周围有种剧烈的缺失感，又类似于发高烧的病人渴求敷冰的剧痛。那缺失感转眼变作他物。优子感觉肩膀内部有竹笋样的东西。那竹笋张牙舞爪，几欲破优子的肩膀而出，它现出与敌意几近无法分辨的欲望，简直要将音乐啃咬得一片狼藉。她轻声惊呼。仿佛与之呼应一般，邻居也发出短促的怪叫。优子的右脚斜着向前移动，左脚紧随其后，紧接着右脚又回到原地，左脚也跟着效仿，不知何时，肩膀也有规律地上下轻轻摇晃起来。音乐仍在继续。优子拼命紧握手里的防晒霜瓶子，四肢周而复始做着不受控制的动作。优子战栗不已，却突然感觉到一种可能。"当然是这样啊！"她将失去控制的手舞足蹈的身体强行移到细长的镜子前。镜子里还没化妆的脸染成玫瑰色。她等了许久许久——那日，优子去银行上班迟到了。

"迈克尔·杰克逊死的那年……"

她斟酌着措辞，说了起来。可是眼前的闺蜜正沉浸在对自己的世界的热爱中，连随声附和都差强人意。说得越多，优子感觉离什么东西越遥远。优子一直凝望着盘子里的香蕉皮，时不时地用指甲在上面画十字。

早餐大厅里人已经很少了。

就连因欠下人情陪朋友去上交际舞俱乐部的体验课时，优子也不跳舞。

宴会也好，迪士尼乐园也好，请了波利尼西亚舞女的婚礼二次会也好，优子统统不跳舞。

每当音乐响起，优子要么微笑地站在不显眼的地方，要么一个人走到外面，静静地吹着夜风。

不久，优子结婚生子。那个取名为奈绪子的女孩子刚会站立，就突如其来地表现出活泼的性格。她学说话也很快，喜欢到处跑，也喜欢音乐。既如此，自然也非常喜欢跳舞。

第一次参加游戏会，奈绪子就跳得比谁都好。父亲大喜，说要把这孩子送到芭蕾舞培训班或者花样滑冰培训班去。

"可是，这么小就开始做这些的话，可能会白白伤害身体的……"

想起自己中学同学里有个女孩子，因为过于热衷新体操的练习，得了严重的椎间盘突出，优子迟疑了。

"要是那样说的话，芭蕾舞演员全都成不了芭蕾舞演员了，花滑运动员也成不了花滑运动员了呢。"

祖父母、外祖父母四人也都醉心于奈绪子的节奏感和舒展自如的肢体动作，每个月都会寄来据说有好老师的舞蹈班的宣传小册子。优子害怕起来。这种才能从什么地方到了这孩子身上？自己就不用说了，难不成是从丈夫那里？难道就是从那个连倒在杯子里的牛奶都不能好端端地一点不洒地喝到嘴里的，就像是昨天之前还是水牛或者什么，今天早晨刚变成人形一般做什么都笨拙的丈夫那里吗？

"爸爸，老师夸小奈绪子跳舞跳得好呢！"

奈绪子这会儿正坐在爸爸膝头，兴高采烈。

"不过，也有的小朋友一点都不跳呢。"

优子心头一惊。

"不跳舞？"

被拉扯着头发的父亲将女儿从膝头放下，伸手拿起一罐气泡酒。

"就是讨厌跳舞嘛。"

奈绪子涨红了脸说，好像那不跳舞的孩子是自己。优子一阵憋闷。

"为什么会讨厌跳舞呢？"

"我怎么知道！奈绪子喜欢跳舞的呀！爸爸，举高高！"

秋天时，幼儿园来了份运动会的通知。看见中班的节目里写着"亲子舞蹈"，优子立即拜托丈夫：

"这个拜托你了。"

"可是，这个需要过去排练吧？不好意思，我不行，还是交给你吧。"

确实，笨拙的丈夫因公司里的工作忙得不可开交。通知上写着：运动会前两天排练，两天都能来最好，来不了也请务必来参加一次，请您协助排练。

不得已，优子参加了两次中的后一次排练。舞蹈是随着每段音乐慢悠悠地重复十几秒钟固定动作直到曲子结束的那种类型，所以不怎么难。编舞考虑到每个人都能跳。优子拼命跳，可是每当音乐开始，身边的身体一起动起来时，她就动不了了。

"妈妈，妈妈！"

想像其他母子一样牵着手亲亲热热地跳舞的奈绪子涨红了脸，几次三番地掐着、拽着妈妈的腿，可是优子还是无法跳舞。优子不经意抬起头，看见队列最前排有对母女分明也在苦苦挣扎。母亲拼命想要带动女儿，女儿却顽固不动。任凭母亲怎么哄劝，或是拉着手像操纵木偶一样想从上面带着她迈出一步，再或者抓住女儿膝盖想从地板上抬起来，女儿却岿然不动。优子只能看见孤身奋战的母亲和岿然不动的女儿那笨手笨脚的背影，但她已无法相信那对母女有幸福可言了。

"快看呀，就是那个小朋友坚决不跳舞呢。"

奈绪子拉着妈妈的手，告诉优子。她的声音根本不可能传过去，可是当事人却转头看向这边。

"来吧，妈妈，赶紧跳嘛！"

那个不跳舞的孩子远远地轮番打量着优子和奈绪子。那小朋友走投无路的眼神让优子暗暗鼓足勇气。

"妈妈，妈妈！喂，妈妈！！"

"妈妈不跳舞呢。"

停了"哧溜"吞下一枚生鸡蛋的时间，奈绪子松开母亲的手，翕动着细细的喉咙，一个人跳了起来。前方累得擦汗的母亲再次拉起女儿的手，开始徒劳的奋战。

优子甚至忘记了身边专心跳舞的爱女，只是紧盯着前排反复做着笨拙动作的母女。很快，她焦躁难耐，终于离开队列，绕到那对母女的前方。讲台上教舞蹈的正是年已五十二岁的半老的木下老师，不过她已将那个不跳舞的小优子忘得一干二净了。眼前展开的是老师自己编排的舞蹈，整个过程，汹涌的热情，在自己的指挥下跃动着的大大小小的肉体，向着无上的幸福之巅……老师生活的就是这样一个世界。

尽管母亲又是戳又是拽又是恳求，那个幼小的受难者依然低下头踩着地板不动。优子被感动击垮，凝望着她。她看上去就像在一个人缠线，又像是在找寻消失在哪里的眼镜。母亲很快疲惫至极、焦躁至极，使出了杀手锏。她强行将手伸入年幼女儿的两胁，举起她，跟着音乐在原地转起圈来。优子跑起来，等回过神来，她已从母亲手里夺过孩子，借着离心力狠狠地将孩子放在地板上滚动起来。"你干什么！"母亲立即发出惊叫，把她当成自己孩子的仇敌推倒在地。倒地的优子滚向和孩子相反的方向。优子尽情地"骨碌碌"滚动着，碰到墙壁也依然向着相反的方向滚动不已。这就对了，这就是我们的做法啊——优子心想。夏令营的篝火、满天繁星、玻璃球、亮片，到现在终于为了她而闪闪发光。再来点音乐、音乐！优子一边滚动一边大喊。她快乐到了极点。

音乐停止了。她吃了一惊，坐起身来。父母与孩子为躲开她的滚动，从墙壁那里闪开一条直线缝隙，宛如登上舞台的通道。可是，此刻优子需要的不是祝福，而是音乐。刚要大叫"赶紧放音乐！"的瞬间，优子听到了一个声音。

"你为什么不跳舞？"

转头一看，那刚才被她在地板上滚的小朋友正俯视着优子。小女孩的眼里燃烧着熊熊怒火。不仅是她，集会室里的所有人，所有的大人和孩子都在盯着优子看。优子想再次滚起来。她尽情地放倒身体，移动重心，想要一直快乐地"骨碌碌"滚下去……然而，她做不到。她满是尘埃的身体就像被弃置的沙袋一样，只是躺倒在地板上。

"你为什么不跳舞？"

音乐响起，大家再次开始排练。

优子呆然良久，无声地哭了。

两个人

阿川实加和小山田未纪相遇在二十二岁那年。

她俩同一年入职一家大型内衣制造商 N 公司，包含东京的百货店销售实习在内的三个月研修期满之后，一同被分配在营业二课。实加和未纪对这一结果都不甚满意。从少女时代，两个人心中就深藏着对漂亮的女性内衣的憧憬与执着，她们怀着将毕生奉献于此的觉悟进入这一行业，然而若是将其与销售目标以及到小商店促销纠缠在一起的话，就另当别论了。她们的热情有点萎靡。也就是说，她俩原是想去企划部的。不过，已成定局之事也没有办法。这是她们通过如同在泥泞里摸爬滚打的求职活动取得的成果。话虽如此，能在自己梦寐以求的企业就职本身就已幸运得令人害怕了。

把抱怨挂在嘴上无疑就是对不懈努力的自己的背弃。况且对所有的企业而言，销售都是头等大事，如果销售不挥汗苦干，产品就卖不出去。就算辛苦也做吧！两个人尽情地用此类话语填满削掉萎靡热情之后产生的空白，意气风发地来到营业二课。

　　最先气馁的是实加。

　　实加由一名比自己年长约二十岁的男职员指导，先是负责二十三区西部的一家小商店，第一个月的订单在同期职员中就最少。一开始她没怎么在意，觉得无非如此而已，然而第二个月、第三个月都一如既往地排在最后一名。办公室的墙壁上贴出公示新职员销售业绩的图表，销售额以一万元为单位用红色圆形纸贴成柱状。实加的业绩不好任谁都一目了然。整个小初高阶段的五级评价表中从未见到过三以下数字的实加品尝到一种从未有过的屈辱。都到了二十一世纪，还贴出这种旧时代的柱状表激发职员的斗志和焦虑，这家公司到底算怎么回事？

　　实加着实焦急了。实加认为人的存在方式各有千秋，仅将其中某一方面可视化，并拿出来与他人进行比较，然后为之或欢喜或懊恼，这类事情实在没有意义。可这回连她都焦急了。这种冷笑说到底是胜利者的骄傲。她不得不承认一个事实，如今自己在分配到同一课的同期八名职员中是最卖不出自己公司产品、对公司盈利最没有贡献的一个。进公司后的十二个月之内发的是固定薪水，所以赚得再多或不赚钱，打入账户的工资都是一样。这一点愈发刺激实加的自尊心。实加憎恨这柱状表，憎恨命人制作表格的上司，甚至憎恨让上司的思想认可这些东西的必要性的公司结构本身。然而她也知道，这种感情既是迄今进入这家 N 公司的成百上千的新职员体会过的极其平常的挫折和屈辱，也并非什么值得专门哼哼唧唧或者大嚷大叫的问题。也许自己能够克服吧？勤勤恳恳、脚踏实地努力的话，再有几个月至少也能成为倒数第三名吧？所以暂时忍忍吧。不过，今后实加的寻常手段是行不通了。实加执拗地反复问自己：自己当真做好思想准备，甘心于"暂时忍忍"吗？自己当真诚心希望通过脚踏实地的努力克服这种挫折吗？还是要沿着被安排好的路自欺欺人地走下去呢？

实加一边将销售业绩报告制成 excel 表，思绪一边飞向自己的人生。这算什么人生？我的人生真是自欺欺人！实加认为越有钱越好，可是她讨厌为了赚钱变成一个更无聊的人。实加因连续三个月排在最后一名心绪不宁、自怜自艾，她打心底里为自己的平庸生气。尽管实加并不自我感觉良好，不认为自己是上天青睐的幸运儿，尽管她认为哪怕平凡，只要认真生活就已足够，但仅仅坐在椅子上这会儿，她的愤懑就在转瞬之间放大。这时，屏幕上显示的 excel 表上那灰色的量值瞬间影响到她的潜意识水平，她感觉自己似乎匆匆种下了多如量值上的数字般的无精打采的种子。继续待在这里的话，原本就无聊的自己将会变得无聊到不可救药。

然而，所谓活着，生来既非豪门又非天才的人的所谓自食其力就是这么回事。只要活着，就必须这样子赚钱。归根结底，承认自己是个无聊之人的过程本身就是人生。实加愤愤不平。尽管她知道一味生气于事无补，却还是不由得生起气来。就这样，和小商店的促销员通电话时，在 Doutor Coffee[1] 吃牛奶千层蛋糕时，在八重洲的十字路口等信号时，上下班高峰时段半藏门线前排座椅奇迹般空着时，实加统统都在独自生着闷气。

而未纪，可以说正是在不知不觉之间给实加的愤怒火上浇油的罪魁祸首。也就是说，制作那个柱状表的人正是未纪。

实际上接收课长指令的人是负责指导未纪的七尾。七尾因自己的工作安排太满，便理所当然地将这一任务一股脑儿扔给了后辈未纪。"复写纸和钢笔去总务领

---

[1] 日本最有名的咖啡连锁店之一。

吧。""好的。""我觉得简单点就行。横着写名字，竖着写销售额吧。""好的。""拿不定主意就过来找我。""好的。"

　　老实说，被吩咐做表格时，未纪想过为什么要自己来做，但想到前辈如此信任自己，她的干劲又熊熊燃起。未纪去总务领了复写纸和黑蓝两色钢笔，根据七尾给她的草案，在办公室角落里着手绘制表格。不到半小时，一张完美无缺的图表就做好了。未纪飘飘然于自己的能干，以致感觉自己的名字首字母被挤在右边角落里也是可以原谅的了。每个周一早晨，七尾只负责贴业绩公告纸，未纪则堂而皇之地在上面贴好精心制作的手绘表格。未纪为那上面表示出的某种实事求是的东西感动不已。她第一次油然生出为公司做贡献的真切感。未纪希望对公司做出贡献。尽管自己现在不过是一名排在末尾的籍籍无名的小职员，但今后会逐渐积累经验，精神上渐渐强大，即便不能让公司得到提升，她也希望自己成为一名带来新能量的人。被分配到营业部自然非她本意，但自己只是一名新人，几乎做不了实际业务，这样没有用处的自己每月却能拿到近二十万的薪水，她甚至感觉有些惭愧。

在同期职员中，未纪被分派的店铺是客人格外多的几家，所以第一个月的业绩排在正数第二名。不过，过了两个月、三个月，她的业绩随之逐渐滑落，第四个月的现在成了倒数第二。但她觉得不必焦急。这世上有两种人，兔子型和乌龟型，自己属于乌龟型，所以只要像乌龟一样努力就好。尽管情况不妙，但下面还有别人，没关系的。每次看到柱状表，未纪都吁了口气。阿川实加的名字上只贴着六个红色圆圈，以及图表右下方用铅笔极轻极细地写上的自己名字的首字母M，都会暗暗抚慰疲惫的未纪。

十一月体检的时候，实加和未纪被分在了一组。为了不耽误工作，职员被分成两人一组，按顺序去内科问诊或检查听力。

结束全部检查之后，两个人在会议室里各自穿好衣服往外走。X光技师将装着器材的车子横在公司外面的银杏行道树前，在车里等职员。因刚刚采过血，两个人气色都不好，也没怎么交谈。所以当她们在车前排队等候时，实加唐突地说起"我可能要辞职了"，自然让未纪吃了一惊，却也格外给人一种傲慢和冒昧的印象。未纪不由得环顾四周，尽管并无一个相关人员，能够相安无事，但实加在算是公司地盘的地方毫不设防地说出那种话还是让她吃惊。未纪目瞪口呆，脑子里却浮现出柱状表一事。未纪小声问："哎？为什么？"

"好不容易辛辛苦苦进了公司，却变成一场空。我不知道自己为什么要傻站在这种地方。银杏行道树这么漂亮，而我又年轻力强，明明想去哪里都是可以的。"

"因为我们要做X光检查呀。马上就到我们了呢。"

"我想，这种生活本就不适合我。我最近终于发现了，上班族的生活也许我过不来。"

未纪听着，嘴里条件反射地装满种种否定和挽留的话。她小心翼翼地说出自认最无可厚非的一句。

"可是实加，这才过了半年呀。这个阶段一切还都没有开始呢，绝对的。"

"不，我感觉在这一阶段有一种东西早已彻底完蛋了。"

实加的声音透着灰暗。未纪在那灰暗中感觉到一种更加深沉的灰暗。为了不使伊始的清爽午后受到侵蚀，未纪想强行终止交谈，说："好了好了，别说那种话了，过不了多久一切肯定都会好起来的。"实加却不肯罢休："可是，你一定觉得咱们刚毕业就能进入梦寐以求的公司非常幸运。我曾经真的渴望进入这家公司，所以现在能这样上班，我觉得非常幸运。我深知自己非常幸运，所以如果有人对我说应该认为这是无上的幸福，我心里也这样想。也就是说，我非常清楚幸运就是幸福。可是老实说，我一点都不快乐。我不擅长电话交流，感觉店里的人都讨厌我，销售额也一直排在末尾。虽然还抱着希望想进企划部，可是就算这样日复一日地念念不忘企划部，它也不会再像从前一样看上去光彩夺目了。我觉得这样子对不起大家。"

"大家……谁？"

未纪小心翼翼地问。

"大家……我想想啊，比方说因为我被录用后范围缩小而没能进入这家公司的人啦，或者现在没有工作陷入困顿的人啦，还有现在公司里的人都是，总之，大家……"

实加拿出插在口袋里的手，在胸前抱紧胳膊。她使劲绷着脸，像用钢丝穿起来一样紧抿着嘴，太阳穴上凸起浅浅的血管。

"实加你太认真了呢。"

未纪说，心里却在想：太天真了。

"我一点儿都不认真。我想，认真的人是会默默努力的。"

"那样的人是认真透顶了，不过，我还是觉得实加你太认真了呢。"

"就算认真，干不好工作也是白搭。"

实加紧了紧藏蓝色羊毛大衣，再次把手插进口袋里，然后在前面花坛的瓦片上蹭了蹭浅口皮鞋的鞋尖。

装满泛白干土的花坛里插着写有"秋海棠科"的小金属牌。未纪重新打起精神，问：

"可是实加，如果你辞了职，今后怎么办呢？"

"这个嘛，我并没有什么特别的谋生计划。像我这样半途而废地辞了职，再想找一家正式雇用我的公司只怕不容易了。可是，要想活下去就必须工作。或者在派遣公司登个记，或者跟什么地方的什么手艺人拜师学艺，我可能会走那样的路吧。"

"哎，实加，别那么心急，好歹再加把劲怎么样？好不容易进了公司，前辈也都很友善。而且我负责的地方订单也在不断减少，这大概百分之百是因为我呢，因为本来都是些销量很好的地方。不过，眼下我决定不把它太放在心上。这里面有运气的成分，而且也不会一直这样持续下去。我感觉那是那，这是这。我总有一天要进企划部，为了那一天，我想在工作之余也努力打开天线学习呢。"

"是吗，你真了不起。看来你能从工作中找到价值呢。"

"价值吗……怎么说呢？也没那么冠冕堂皇啦，不过我觉得好不容易进了公司，应该让工作对得起薪水。"

"是吗？在我看来，倒是未纪你更认真呢……若是这家公司设了薪水小偷比赛的话，无疑是我获胜。要是设有没有犯罪感比赛的话，我也会获胜。绝对的。"

"实加，你就当那是那、这是这好了嘛，再加把劲。这真的才半年，而且年末还有销售大比拼呢。要是同期的朋友这么早就不在了，我还是会寂寞的呀。"

"是啊，确实今年已经过完了呢……不过，一想起可能永远会这个样子，一想起无论留在公司还是辞职，我到死都必须这样子小里小气地赚钱活下去，有时候真想哭。"

两个女职员下了车，说让她们进去。她们的谈话就此中断。一进去，技师助手就命令她们脱下文胸，两个人把手伸进衣服里摸索着。先进检查室的是未纪。

冰冷的板子压在胸口，未纪脑子里反复回想刚才的一连串交谈。分明实加看上去比自己更坚强地采取

"那是那、这是这"的方式，她业绩虽然排在最后，看上去却毫不退缩、无比坚毅，然而她内心似乎并没那么沉得住气。之前曾多次和同期职员一起吃饭，在他们面前实加绝不会表露自虐态度。实加总是我行我素，明显和同期那些活泼开朗的女孩子保持距离，感觉她的站姿像击剑选手一样酷，她总是戴着时尚的头戴式耳机，轻轻摇晃着脑袋来上班。从这些情形无论如何都难以想象她的内心会像刚才在外面听到的那样。可能正因为实加的业绩停留在自己下面，才感觉她很可靠，可是她竟也会如此软弱……

未纪第一次对名叫阿川实加的同期职员产生了类似共鸣的情感。进入这样一家福利完备的公司还说什么"有什么东西完了""想哭"，虽然感觉太傲慢，但她感觉比三十分钟前排队采血时跟实加亲近多了。

检查结束后拉开帘子，实加正紧张兮兮地抱着胳膊坐在椅子上，像是害怕 X 光检查。外面无人排队等候，所以未纪慢慢调整好内衣，在那里等实加检查完毕。

实加有三个朋友。

虽然不同时期也有其他要好的朋友，但到了二十二岁时缘分依然没断的就只剩下那三个人了。一个本是初中英语话剧部的同伴，如今在读研究生，另一人是高二时的同班同学，现在在旅行社工作，还有一人是大学时代在打工的补习班里认识的，她留下当了补习班的正式老师。不过，实加不是社交型性格，不知不觉中，已和她们逐渐生疏了。她自己很少主动约她们吃饭或购物。实加自幼喜欢单独行动，一开始就不愿加入大型团体努力交友。就连遇到复杂微妙的问题时，实加希望倾诉烦恼的对象也不是女人。实加能够倾心相诉的人只有男友一人。

实加有个从大学一年级起就开始交往的男友，他是她的初恋，也是她的第一位挚友。也就是说，在找到他之前，实加从未对谁敞开心扉倾诉过。实际上，实加任何事情都对他倾囊相告。包括身高体重、早中晚的饭食、每周打工交接班、考试结果、和父母的龃龉、远房亲戚间发生的遗产继承纠纷传言、对即将走上社会过循规蹈矩生活的恐惧、刚一明白那种恐惧不过尔尔却又有新的恐惧接踵而来……开始为要不要辞职烦恼时，实加也立即告诉了男友。于是他说："你好好考虑一下，按自己的意愿做就好。只要是实加你的决定，我都会支持。"实加说："也许我会倒在路边死去呢。"他便回答："那我会照顾你。"实加怦然心动，莫非他在间接求婚吗？不，还是不要不留余地地依靠他吧。实加也有跟年龄相当的自我克制。虽如此，实加再次感觉，只要有这个人在就谁都不需要了。而且她感谢老天让她在这么早的人生阶段遇到如此忠实可靠的伴侣。所以实加不需要什么女性朋友。实加希望今后一切都依照最低限度生活，最低限度的人际关系、最低限度的努力、最低限度的钱，还有与之相随的自由心灵。实加极其讨厌为了平衡不必要的人、努力、钱而让自己的生活变得坑坑洼洼。虽然终归不能随心所欲，但体检那日，她突兀地向未纪告白说"可能会辞职"，也并非因为她认为未纪看上去格外善于思考，而只不过是将离职前的第一步"先告诉一个同期的人"的想法付诸实践而已。

而未纪对人际关系的理解方式比实加更为错综复杂且麻烦。大学时代她加入了网球部和管弦乐部，所以交友广泛，但其中全无一个称得上好友的女性朋友。这是因为她故意不交朋友。她钻进一个姿容和自己大致相似的团队，和她们敷衍了事地交往着。不过，她感觉在总是聊些恋爱、饮食和"我那充满不安的未来"之类话题的她们中间不断展露友好笑容反而是对她们的失礼，因而多半会逐渐和她们拉开距离。可是未纪莫名有点害怕寂寞，因为和别人待在一起比独自一人心情明朗，所以她最终或者回到原先的小团体或者再找另外一个团体，安心于单脚插入浅淡人际关系之中的状态。

小时候起未纪就坚信，只交一个朋友无疑是危险的行为。因为未纪有过一段痛苦的经历。小学四年级时，她一直视为最好朋友的女孩子突然不理睬她了，她孤零零度过换班级之前的大约七个月时间。明明她和那个女孩子关系好到一起读《绿山墙的安妮》，读到马修叔叔死的时候还争着流泪，明明她们要好到曾发誓要像安妮和戴安娜那样每天互相写信，要永远做"知心好友"的！被知心好友背叛的经历就像水疱疹的瘢痕一样留在未纪心里。那个原先的好友之所以开始不理睬她，是因为有人告密说未纪向那女孩子喜欢的一个男孩子抛媚眼。小学生使用"抛媚眼"一词本身已让未纪吃惊，但告诉她告密者的告密者的确清清楚楚那么说的。自那以后，未纪不再相信女性之间的友情了。未纪曾以为书中描写的安妮和戴安娜的美好友情是唯一值得信赖的，却又超乎年龄般冷静地领悟到，那样的友情并不适合生活在二十世纪九十年代的日本小学生。

高中时代的未纪不仅心灵，身体也比较早熟，她不找令人无法信任的女性，而是终年和男性玩耍。倒不是男人更让人信任，但至少比和女人在一起快乐。巧的是总有男人对未纪示爱。未纪并非万人瞩目的大美女，而且既不能说会道也不善听，但她的胸部非常丰满，而且虽然她总是心不在焉地发呆，但是一旦有人和她说话，就会立即现出宛如常年形影不离的恋人般不寻常的亲昵和亲切，目不转睛地盯着对方看。这女人可能有戏——未纪就是那种让男人能够不伤自尊地与现实妥协的女人。然而未纪从未真心迷恋过他们。未纪真正喜欢的男人绝不正眼瞧她，她的恋爱都是单相思。

准确说，未纪是个十足的浪漫主义者。她认真相信总有一天会有一个完全理解自己的人，一个绝不会到最后背叛自己、可以发誓相互赤胆忠心的人出现。这明显是受安妮和戴安娜的影响，若说有一点不同，那就是未纪等待的戴安娜不是女人。说到底，若能有那般忠贞热情之心，对方还是男人为好。未纪追求的是男女之间的纯粹浪漫。未纪认真做着梦，梦着总有一天会遇上一个可以成为知心朋友的男人，只有他们二人永远真心相爱、共度人生。也有男人说未纪是个不靠谱的或是无聊的女人，但那只不过是他们恼羞成怒的暗地中伤罢了，因为他们无法给她丝毫浪漫，无论一起吃过多少次饭、睡过多少次觉，也只是知心好友的候补，未纪根本不让他们上场。

进公司一年后，实加和未纪当真开始被周围人认为是课里的落后组合了。

只要是需要两个人一组进行作业，她俩必定搭档。否则两个人也总是不约而同地同时休息、同时上班、同时下班。两个人虽并未感觉紧紧捆在一起，但至少都意识到她们之间产生了某种共鸣。她俩相互喜欢是因为彼此声调都比周围低一度，仅这一点便有足够理由一起行动。而且加以注意的话，任凭谁都一目了然，实加和未纪这对二人组合在同期职员中十分醒目。本就没有欲望出人头地的人结党后越发没了干劲，她们是最差劲的一种类型。部里开忘年会或者恳谈会时，她俩必定紧挨着坐在末席，饶有兴致地看着气氛尚算喧闹热烈却终归流于形式的宴会。

随着在一起的时间长了，两个人的共同点越发显露出来。首先两个人背影相像，身高分毫不差。虽说实加时胖时瘦，体重差幅在二公斤和三公斤之间频繁增减，但外观看上去大致体重相同，而且把染成茶色的前刘海斜梳下来的发型也相似（只是梳的方向相反），两个人都酷爱 Doutor Coffee，对公司下面的 Doutor Coffee 里面一个叫宫田的年轻店员做的 M 号招牌咖啡是世上第一美味深信不疑。两个人共同的梦想便是在一座高山上望着满天繁星喝宫田做的 M 号招牌咖啡。尽管她俩的父母家都在通勤圈内，分别在和光市和船桥市，但她俩都坚持一个人住，而且在通勤电车里必定要将吊环转一下再握住的习惯，以及高中时代受当时已近尾声的英式朋克热的余韵影响而频频光顾 CD 出租屋的经历也都如出一辙。像"绿洲"啦、"纸浆"啦、"山羊皮"啦、Supergrass[1] 啦，只要是音乐杂志摇滚专刊介绍的主要乐队，她俩都统统听过，却对 Blur 乐队格

---

[1] 以上均是当时流行的摇滚乐队的名称。

外青睐，尽管当初是被那四人组合的英俊容貌吸引才成为粉丝，喜欢的却不是最有偶像范儿的戴蒙·亚邦，而是断然做了格雷厄姆·考克森的粉丝，这一点她俩也是不谋而合。

因未纪邀请实加和她一起去买第一次参加婚礼穿的连衣裙，两个人休息日里结伴出门。实加的男友周六工作，几乎不休息，而未纪不想和性欲超强的男友共度周末。实加和未纪都喜欢在大型百货商店里慢慢转悠着看衣服和鞋。两个人都奉行不追求不合身份的奢侈主义，所以她们对服饰的审美相当苛刻。她们会用不让自己为难的价格尽量买来高品质的东西，穿很长时间。特别是内衣类，她们绝不买便宜货，而是在专卖店里精挑细选地买来，每次都要再三仔细手洗过之后才小心穿戴。所以当进店认真想找点什么的时候，未纪和实加都不说多余的话。只有实在犹豫不决时才会互询意见。虽然对方多半指向与自己猜想的结果相反的那个，但实加和未纪三次中会有一次相信对方的感觉买下来。

就这样，两个人逐渐领略了之前不曾碰过的新款式和新颜色。在店里始终沉默而认真的两个人每当看见有女人说着"这个可爱吗？""好可爱！"式的对话走进店来，就会心照不宣地匆忙离开店铺。

"应该让那些人加入狐獴家族，从头学习什么叫可爱。"

一次，实加回头看看离开的店铺，反感地说。未纪深以为然。

在服饰方面见解独到的两个人在味觉上可是相当糊涂。她们相信食物撒上味精或者用油炸过都会变得美味，而且外出用餐时，只要东西还算可口，与价格相符，能填饱肚子，她们就满足了。无论上不上班，到了午饭时间，两个人都会在 Doutor Coffee 吃现成的米兰三明治，晚上则到居酒屋那样的便宜定食店吃饭。她俩还经常光顾松屋、富士荞麦面和花丸乌冬面 [1]。

---

[1] 以上均为日本大型快餐连锁店。

这样子待在一起时间久了，又有更鲜明的共同点显现出来。两个人互为镜子，进而发现自己不折不扣地讨厌女人。听到结伴的女人的笑声或是看见女厕所里排成的纵队和补妆的横队，就会瞬间感到一种说不上是恶心还是眩晕的不快；看到在书店里面蹭读杂志的女人，她俩觉得摞书的台子简直就像受刑的乌龟；从路上望见女人挨挨挤挤坐在西餐厅里铺了玻璃的桌子前时，简直想将首都高速上刹车失灵的四吨卡车叫过来。然而，每当在电车上发现气质不错的漂亮女孩儿，她们又会带着思春期少年的胆怯和热情看得入了神。

两个人所到之处，购物的百货店、咖啡馆和户外广场都有女人，到处都有很多。她俩一发现结伴的女人，就会抢着嘲弄："哇——！""恶心！"只不过实加和未纪虽然讨厌女人，却绝没有忘记自己要将女性内衣卖给女人赚取生活费一事。两个人也十分清楚，女人再怎么丑态百出，自己在外人看来无疑就是那些女人中的两员，若是将她们换成自己见到的任何一个二人组合都不会有人发现，自己简直就是与之相比毫不逊色的二人组合。这样一来，她们愈发觉得事情荒唐，便笑起来没完，就像下课后的初中生一样。

"每个女人都很美，可为什么一结伴就变样了呢？"

一个周末，在有乐町的 Doutor Coffee 里，未纪嘟囔道。两个人在阪急百货店和西武百货店转了一圈，分别买了奶油色和淡紫色披肩。未纪视线前方坐着五个参加婚礼结伴归来的女人，正在谈笑风生。

"把她们一个不剩地全部运到哥谭市[1]就好了。"

实加摆弄着蓄得过长的指甲，说。

"那些女孩子会穿什么样的内衣呢？制作出什么样的内衣才能把那些女孩子打扮得更漂亮呢？"未纪不理会实加的咒骂，继续说，"都说内衣会改变女孩子，真的能吗？"

"未纪，你在考虑那种事吗？"

---

[1] 电影《蝙蝠侠》中虚构的城市名。

实加吃惊地仰起脸。

"嗯，我经常想呢。"

"是吗？你可真认真啊。"

"啊——我多想早点从营业部毕业，去企划部啊！明年差不多就能去了吧？"

"努力做就能去的吧？"

"实加，你已经不想去企划部了吗？"

"这个嘛，能去的话自然想去，但我对公司已经不抱希望了。我觉得薪水保持这样子就行了，我只要干得不招人抱怨就行。"

"老实说，我也觉得有道理……"

"无论什么样的公司，总比哥谭市强。"

两个人同时喝光咖啡，走出店，又在车站站着聊了近半个小时，然后挥手道别。

除却 Doutor Coffee 和高中时代的音乐兴趣，两个人喜欢的东西七零八碎，讨厌的东西却惊人的一致。

JR[1]、气泡饮料、鸽子、佛像、牛角面包、天空的照片、红姜，当然还有结伴的女人，等等。幸或不幸，两个人看男人的眼光也有点相像。

各自的男友另当别论，实加和未纪经常会有共同看中的男人。两个人花言巧语邀请那男人加入自己的行列，有了男人，顿时蓬荜生辉，平时杀气腾腾的两个人就会心情舒畅。一天，在那样的饭局上，那一次邀请的男人说："被实加和未纪邀请，我是两手皆'花'呢。"实加不假思索地回答："我们不是'花'，你才是我们的'花'呢。"

话虽如此，每个男人当她俩"花"的时间都很短暂，两个人定期换男人。这些男人既有公司里的前辈也有后辈，既有一米九〇的也有一米六二的，既有男招待风格的也有女招待风格的，但都是些善良温柔的人。里面既有已有女友的男人，也有对实加或者未纪产生

---

[1] 即日本铁路公司。

好感的男人。男人在两个人面前必须绝对公平，让他们稍生恋爱之心也可以（不如说她俩对此都十分欢迎），但即便如此，也必须由实加与未纪平分。而实加和未纪对待他们也必须有差不多的占有欲。等到男人对两个人倾注的关心和温柔、两个人对男人的占有欲失去平衡的时候，她们就将那男人赶走，再从什么地方寻一个新的来。说到底，他们终归只能是她们的"花"。

一次，有个男人只对实加开始了猛烈追求。实加有男友，未纪忠告他说"你只不过是我们的'花'而已"，可那男人依然不肯死心，不断对实加发起猛攻，渐渐招来实加的厌恶。目睹他的勇敢，未纪渐渐喜欢上了那个男人。等她察觉自己已陷入可以称之为恋爱的状态时，便做好了心理准备，以为自己和实加的关系就此完结。谁知未纪因太喜欢那男人，对那男人的爱恋对象实加也越来越喜欢了。不知何故，她后来竟因那种好感不知不觉把那男人彻底忽略了，只剩下对实加愈发强烈的亲密。这种时候，未纪心里萌发过自己莫非同性恋的疑问。自己结交了一位十分亲近的女性朋友，不仅如此，还主动希望和她一起消磨时光。她将这一现实和十岁之后就不曾消失的黑暗背叛记忆加以对照，总觉得无法苟同。对女性友情的失望和怀疑依然在未纪心中执拗地拖着尾巴，所以她感觉，与其说是友情，不如将对实加的亲近理解为近似于男女间的爱情一样的东西更为自然。而且无论和什么样的男友在一起，她都未曾感受到和实加在一起时的放松，也无法和他们共享对某些世事的嘲弄。他们见到结伴的女人不会夸张地掩住嘴巴，也不会将红姜拨到盘子边上。如果实加和自己能发生性关系的话，这种关系是不是就会远远比自己和男人的关系亲密呢？这难道不会发展成与自己长久以来追求的那种"知心好友"的关系近似的什么吗？产生了这种想法的未纪尝试着用那种眼光去看实加，结果却只留下与看见厕所里的队列或西餐厅里的女人时相同的恶心感。虽然自以为对同性恋者很宽容，可一旦把那种事放在自己身上，她依然难以接受。

我的知心好友果然应该是男人，未纪心想。那种誓死忠贞不渝的人际关系只能存在于恋爱的浪漫中。而对实加，她现在感觉不到不要性命的情分。

　　二十五岁时，实加和那个从大学一年级就开始交往的男人分手了。因为那男人有了别的女人。实加暴跳如雷。在男友家厨房里谈起分手，谈了一半陷入沉默，实加说："我是打算和你结婚的。"男友的表情依然如故，说："我也这么想的啊，我们都交往这么久了。""那又是为什么？"男友回答："人的感情会变的。"

　　实加怒起心头。三年前心里的保险柜已结结实实上了锁，被自己珍藏起来的可靠话语犹在耳畔。她劈头责问这男人：

　　"可你不是保证过要照顾我的吗？"

　　看到男人被吓到的表情的瞬间，实加陷入强烈的自我厌恶。她从没有像此刻这般强烈感觉，归根结底自己也只不过是在厕所排队的女人、在西餐厅闲聊的女人中的一员罢了。实加仿佛膝盖被气手枪击中一般瘫倒在椅子上，喊了句："我才不要你呢！"然后拂袖而去。

过了几天，实加恢复了一点平静，她多次冷静地要求重新开始，却被那男人断然拒绝。实加心底里依然爱着那男人，可遗憾的是，男人已经不爱实加了。就这样，实加与那男人的七年恋情告终了。实加深受打击，一时间丢掉了七年前的所有记忆。无论如何，实加的全部人生都建立在与那男人的关系之上，她从未考虑过没有他的人生。实加曾希望自己的人际关系圈里所有的一切都是最低限度并付诸实践，那男人却离开了，剩下的只有未纪。然而就连对那么要好的未纪，实加也暂时没有提起失恋一事。她不希望未纪因自己的失恋受到打击，不想让她徒然担心。况且她也无法忍受有时比自己还要刻薄的未纪对自己说些无滋味的安慰话。

因失去多年的恋人，实加尽管才二十五岁，年纪轻轻，却陷入一种感觉，好像自己已永远失去了结婚这一选项。我今后永远不会结婚的！对那个离她而去的男人和他那新交往对象默默起誓之后，实加在工作上大步挺进。她不分昼夜地在小商店里拼命奔波，不顾一切地打电话，有一点时间也要去现场努力做促销。虽然额度不大，但她逐步赢得了订单。结果虽然没有当上业绩标兵，在月末的例会上受到表彰，但也不再像前几年一样和未纪争夺最后一名了。

　　恰在这段时间，实加和未纪经常被邀请参加公司同事的婚礼。两个人穿着关系要好之初一起挑选的连衣裙去参加，婚礼结束后多数时候筋疲力尽。她俩都不适应那种天真的明快和肆无忌惮的幸福气息，累得很。婚宴和二次会结束后，她俩并不随波逐流，而是来到离得最近的 Doutor Coffee，像对答案一样一一核对当日所见，还谈论对新郎的印象。"那些丈夫居然净是些运动员类型的呢！""今天也是！""这段时间都是！"对啊，在以新娘朋友的身份被邀请的婚礼上，牵着新娘手的新郎几乎可以说必定都是运动员类型。新郎身材魁梧，曾经是美式足球运动员或足球运动员或棒球接球手，短头发，有着森林里的黑熊一样憨厚的面孔。

未纪得知实加失恋，是参加完在青山会场举行的婚宴之后来到 Tully's Coffee[1] 里时。因为在附近没找到 Doutor Coffee，不得已而为之。这天举行婚礼的是一名同期职员。

"为什么这些丈夫都是一个模样？"

未纪一边小口喝着味道不习惯的咖啡一边说。

"是啊，新娘子明明不一样的呢，明明她们美得各有千秋。"

实加用涂成珍珠粉色的指甲尖咯吱咯吱地划着咖啡盘的边缘。这还是前一天未纪给她涂的。未纪的指甲是鲜艳的玫红。露在外面太显眼了，所以实加帮她涂的时候建议也弄成珍珠色，但未纪毫不让步地让她涂成令人神经疲劳的艳丽颜色。

"那个丈夫肯定是在哪个深山的工厂里，就像烧制

<hr />

[1] 创立于美国华盛顿州的跨国咖啡连锁店。

偶人一样批量生产出来的。"

"或许吧。"

"也可能是在环太平洋工业带的工厂里……"

"是啊。"

"实加，你看上去很累。"

"嗯。"

"我也很累啊。"

两个人默默地喝了一会儿咖啡。实加突然说："我未来可能一辈子都不结婚了。"那时机把握和口吻感觉依然一如既往的傲慢且冒昧。

"怎么突然这么说？"

未纪吓了一跳，放下杯子。

"我真的已经决定了。我一辈子都不会结婚。"

"为什么？"

实加这会儿终于将和恋人分手一事告诉了未纪。距和他最后一次交谈已经过去近三个月了。说到一半，未纪的脸变得苍白，少见地惶恐起来，道歉说："对不起，我一点都没有察觉。”

"我也并不想让你发现。没关系的。"

"可是我单方面认定你们进展顺利，最近都没问问你男朋友是否安好。"

"我都说了没什么的。就算你为我担心，大概一切也不会有什么改变。"

"可是……"

未纪想对她说：我们不是朋友吗？你为什么不告诉我呢？然而未纪第一句话无论如何也说不出口，只说了后面一句：

"你为什么不告诉我呢？"

"嗯。"实加歪头微微一笑，随后低下头，再也没有说话。

"啊，不过那个人确实感觉不像运动员呢，那人感觉不是批量生产，而是手工制作呢……"

未纪慌忙补充说，可是实加既没有抬头也没有笑。

刚失恋时，实加已经哭过几十次了，但她在男人面前绝不落泪。当晚回到家里，泡澡的时候她哭了一小会儿。未纪说得对，那个人不是批量生产，而是这世上独一无二的手工制作……

这是实加为自己七年的恋情流下的最后眼泪。

那之后，实加和未纪又在同一职场工作了三年。

她俩依然在周末一起外出，随时请看中的男人吃饭，享受着三角关系式的刺激，厌倦了就换成别的男人。那期间实加没交一个男朋友。每当未纪不失时机地提出要给她介绍感觉不错的男人时，实加都会发火说"不用你多管闲事"，她气势汹汹地扬言："往后我这辈子不会跟任何人做爱了，我要再当一回处女，清清白白地活着。"

"可是实加，这个年纪就当尼姑太早了呀。"

"可我感觉不会和任何人发展成那种关系了，我已经完全没有勇气和谁从头再来一次了。"

"你不必那么费劲的，那大概就是缘分。"

"我才不信缘分之类神秘兮兮的东西。"

未纪半带着吃惊问：

"那么你有自信今后不会爱上任何一个碰到的男人吗?"

"当然有啊。我不会从任何一个人身上感受到吸引力了。就算会有点喜欢，我想也不会打心眼里爱上他。"

"哪怕有点喜欢，你也该交往一下试试的。"

"我和你不一样。就算我喜欢，对方也不会喜欢我的。"

"哎呀，你要是这样说，我真累透了！你想让我说什么呢?"

"什么也不用！我一定是把人生里本该巧妙分配的性欲和爱恋之类全都给了那家伙呢，所以没有办法，我自作自受。未纪，要是你也单身终老，就和我一起去住老年公寓吧，做做手工或者写写俳句，优雅地度过人生最后一段时光吧。"

"要是那时候我还单身且多金的话。"

未纪笑着回答，却有点无法理解实加在这件事情上的执拗。虽然孤身终老未尝不可，但未免太孤独了吧？不对任何人起誓发自内心的忠诚、不对任何人奉献全身心的爱情的人生……其实未纪依然梦想着那个可以成为"知心好友"的男人出现。

虽然未纪一年左右里凭着感觉交往过大约十个男人，但和那些哪怕倒立也不会让她真心爱上的男人保持关系渐渐让她真正空虚起来。虽然每个男人都会多次让她顷刻间感觉"就是他"，却会因为仅有的"哪里不对劲"的瞬间颠覆一切。瞒着实加，未纪也开始焦躁起来。我的知心好友，那个可以和我共度一生的人何时才会出现？未纪等那个人等了很久很久，可眼下他却没有一丁点儿现身的迹象。

二十八岁结束时，未纪辞职了。

未纪疲倦透了。她在营业二课一边照顾后辈一边辛勤工作，进公司之初想去企划部的激情已渐渐磨灭。销售工作只是销售工作，她已不再认为那是更宏伟阶段的第一个台阶。虽然每半年一次的考核中屡次被暗示会被分配到企划部，但她也明白那不过是挂在马鼻子尖上的胡萝卜罢了。公司内竞争和公司外竞争逐年激烈，销售目标被无情地提高，倘若连续数月完不成的话，就会和合同制员工共用一部电话，交通费也会被限制支付。环境已不允许她再摆出"那是那、这是这"的姿态了。进公司第一年销售额末尾和第六年销售额末尾的含义完全不同。未纪以前觉得只要不被上司和前辈埋怨地做销售就行，可是最近无论怎么拼命工作，还是每三天就会被叫到会议室一次，让她自己分析销售低迷的原因。

"一想到可能永远会这个样子，有时候真想哭。"那个秋日实加在X光检查车前说的话时隔六年终于又萦绕在未纪心头。确实，想到永远永远都要这样工作挣钱，未纪想哭。虽然她知道这是理所当然的生活方式，也明白能这样子自食其力、不给任何人添麻烦地生活的自己是幸运的，奈何却心有不甘，凄清惨淡。经验、存款、衣服、鞋子都在不断增加，却也相应地失去了宝贵的什么。这种负疚感总是让她的心里愁云密布。独自一人时，未纪会暴饮暴食，会用信用卡一天花几十万地冲动购物，会殴打男友。实加察觉到未纪这种不好的变化，休息时带她去一日游或是吃蛋糕自助，但未纪没那么容易好起来。就算瞬间放晴，转眼却又密云不散。

一个休息日，从惠比寿看完电影往回走，实加提议振兴经济，走进一家有点装模作样的意大利餐厅。刚一打开菜单，未纪就说：

"我累了，想辞职。"

实加并不吃惊，只是问："你想好了吗？"

"嗯，想过很久了。这个月我光考虑这事儿了。"

"你可以找我商量一下的嘛……"

"我想在告诉你之前先自己想想。只不过认真考虑之后，我已下定决心，大概你对我说什么也不会有任何改变了。"

"是吗？不过，要是那样，我也没有办法啊。确实，你这样子继续干下去会迷茫不知所终的。"

"你觉得我辞了好不好？"

"这个嘛，从我的角度是不希望你辞的。没有你我会寂寞。不过，你不是已经仔细考虑过了吗？"

"嗯。"

"那我不会拦你。只要是你认真考虑之后的决定，任何事情我都会支持你。"

"我真的累了。我终于发现这样的生活不适合我。晚了啊。也许我是个相当迟钝的人吧。不过，能在那里和你一起工作真好。要是没有实加你，我会更加痛苦。"

说到一半，未纪哭了，为新职员时代朝气蓬勃而青涩的自己，为和实加一起吃过几百次的Doutor Coffee、定食店、富士荞麦面的午饭，也为本该今后一起吃的几千次午餐。

工作了整整六年，且期间没过特别奢侈的生活，所以离职时未纪的存款超过了四百万元。

当时正交往着的男人流露出想和她结婚的意思。

他动不动就自顾自说起些"要是咱们结了婚……""要是咱们有了孩子……"之类不着边际的话，想把她的意识引向两个人的未来。心情好的时候，未纪会敷衍几句，不好时根本不理。心情特别糟糕时会明确让他"别说了"，要是这样他还要固执己见，未纪便会做好被他加倍奉还的思想准备给那男人一耳光。然而他耐心地忍耐着。未纪告诉他辞职了，却遭到他当场求婚。想和这样的自己结婚，这男人不会真的傻吧？或者相反，他会不会是个狡诈的阴谋家，想诱自己落入什么圈套呢？未纪心生疑窦。不过，看着那男人每隔一天带一束花向自己求婚，她开始重新考虑，觉得所谓结婚归根结底也许就是那么回事。傻也罢，阴谋家也罢，她需要和一个人一起生活。无论什么样的人，哪怕有点松动摇晃，这世上应该必定存在和每个人般配的对象。自己长久以来梦着的完美无缺的知心好友也许只存在于爱德华王子岛的绿山墙周围吧……不过，如果自己靠十岁起就那样子幻想做梦才得以坚强地活到现在，那么这会儿是不是也该回报那场梦了呢？

　　未纪和那男人订了婚。总之她累了。她感觉自己无法不依靠任何人地过完今后的漫漫人生。她唯一放心不下的是实加。自己结了婚，实加会怎样呢？她会不会变得愈加固执？会不会闹别扭甚而变得偏激呢？她会不会真的去当尼姑？虽然她觉得两个人的关系不会因自己结了婚就产生根本性裂隙，可未纪莫名觉得愧疚，决定将订婚一事往后拖拖再告诉她。不光是实加，她连对家人都瞒着。那男人希望早点见家长，未纪却找了个借口拖延下来。不久，未纪决定给结婚一事一段暂缓犹豫期。自己迄今一直拼命工作，这会儿逃离诸多麻烦放松个一年半载，也不会有谁抱怨吧……所以未纪决定利用打工旅行签证去澳大利亚。她再三劝和自己订婚的男人说婚后就不能做这些事了，自己一定会回来的。她告诉实加，实加的回答和听说她辞职之后一模一样："只要是你认真考虑之后的决定，任何事情我都会支持你。"

出国前一周，实加和未纪被以前邀请过她们参加婚礼的前同事邀请去新居，她们结伴前去。

　　夫妇俩有一个五个月大的婴儿。她让两个人轮番抱了抱婴儿。喜欢小孩子的未纪比实加多抱了一会儿。新居是重新装修的二手公寓，像样板间一样洗练洁净，却绝没有冷冰冰的矫揉造作，而是有着新婚夫妇温馨的生活气息。原先真奈美也是她们的前辈，她厨艺精湛，做了许多讲究的美食。不消说，她丈夫也是运动员类型。两个人再一次触碰到幸福的气氛。她们依然不习惯。

　　"像真奈美那样结了婚的女人会怎么想我们呢？"

　　在登户车站等回程电车的时候，在人迹寥寥的站台上，未纪问道。

　　"什么'怎么想'？"

　　实加回答，有点心不在焉。

　　"在结了婚的人看来，咱们这样子年近三十了还孑然一身地游荡，会不会觉得我们有点可怜呢？"

　　"我觉得没什么可怜的。你怎么这么想？"

"可是，我有点……"

"有点什么？"

"大学时的朋友接连结了婚，有的都有小孩子了……像我却连工作都辞了，就算从澳大利亚回来，也完全定不下做什么……"

"哎，你是不是焦虑啊？"

"和焦虑还是两码事……"

实加瞥了一眼低着头的未纪的侧脸，稍加思索，语速很快地说：

"我想，在结了婚的人看来，咱们是有点另类的人种。也许她们会觉得我们可怜，也许不会……我没有那些人的经历，说不好，也不很清楚。"

"不过，你一定在羡慕她们吧？能这样子只顾自己也只有学生时代了吧？"

"或许吧。不过我觉得因人而异。也有的人喜欢照顾老公和孩子。"

未纪说了句"是啊"之后再未开口，两个人沉默了片刻。正当未纪以为这个话题已经结束时，实加突然开了口：

"虽然我知道，和过去的女人相比，现在的女性被认可的生活方式多了很多，但我依然经常觉得异常苦闷。"

"哎？什么？你说什么？"

未纪看向实加的脸。她正定定地盯着站台对面空无一人的长椅。

"我不是有两个妹妹吗？一个比我小一岁，一个小六岁，在上大学。我这几天听小一岁的妹妹说，我父母每次从亲戚家回来都要催她们俩快点结婚，说是想抱外孙了。特别是小一岁的那个，和同一个男友已经交往五年了。他们一定是不希望她像我一样啊。像我这样从大学时就交往，拖拖拉拉到最后却让对方跑了……不过我父母倒是从未对我提过此事。"

"那是因为你坚持说不会跟任何人结婚吧？"

"不是的，我在父母面前一直没有说过。就连和交往七年的男友分手一事我也大约两年都没告诉他们，最终让妹妹替我说的。或许因为这样，尽管父母不知道，却也觉察到不对劲，在我面前只字不提结婚。这反倒让我苦闷啊。今年过年回家时，甚至包括刚才和真奈美家人在一起时，我都一直感觉似乎被孤零零留在谁的婚宴桌旁。"

未纪察觉到实加的声音起了变化，仔细看她的脸，她的眼里泛着浅浅的泪光。看到这，未纪醒悟到抛下这样的女友独自结婚终归不可能。自己那卓越的未婚夫瞬间从台上跌落。未纪感觉眼窝慢慢变热，她拍拍实加的肩，精神抖擞地说：

"实加，我觉得旁观者清。我们直到现在一直是被安排坐在婚宴角落里的可怜人啊。即便有一天要结婚，咱们也找个相同的时机一起结吧。咱们俩喊着号子一起去那边吧。"

实加用手背擦擦眼泪，逞强地说：

"我不是说了吗？我一辈子都不结婚。我已经决定了。你等我也是白等。你不要管我，有合适的人就赶紧结婚吧。和现在的男友或者和在什么地方偶遇的帅气老同学都行。"

"帅气的老同学？"

"把 today 说成 todaiy 的……"

"说成 todaiy？"

"我初中时的英语老师，叫弗杰士老师，是澳大利亚人。不过老师倒是一次也没说过什么 todaiy……"

两个人一起擦掉眼泪，从各自的化妆包里拿出小镜子，用指尖抹掉粘在脸上的睫毛。

未纪去澳大利亚旅行了。

她原本计划满一年的签证期再回，却在十个月的时候回来了，为的是参加实加的婚礼。实加要结婚了。

最初在电话中听到此事，未纪惊叫起来。她难以置信，问："可你不是那样信誓旦旦地说不结婚的吗？"

"是啊，不过我还是成了要结婚啊。"

"'成了'是怎么回事？"

"那个，感觉只能说'成了'……"

"对方是个什么样的人？多大年纪？哪里人？"

"三十六岁，多摩人。"

"不要！"

"为什么？"

"可是……为什么？"

婚礼定在半年之后。未纪打算参加完婚礼之后再回到布里斯班过完剩下的一个月，临行之前却又改变了主意。她突然厌倦了南半球的生活。未纪决定借这场婚礼彻底回到日本。

婚礼前几日，实加在公司时代两个人想奢侈一把时常去的东银座咖啡店安排未纪见自己的丈夫。两个人已经注册登记。未纪十分紧张。她希望实加的丈夫一定要是自己中意的人。就算未纪不满意，丈夫也是不能随便换掉的。令她吃惊的是，莫如说她已充分预料到了，出现在眼前的实加丈夫是运动员类型，命中未纪迄今见过的那些丈夫的平均值正中央，也不折不扣是个正牌运动员，短发、晒得黝黑、胸膛敦实、眉毛粗短、目光温和、牙齿雪白。未纪拼命忍着笑。等她丈夫短暂离席时，未纪立即问实加："你在哪家工厂找到的那个人？"实加脸红了："你少捉弄人……"

未纪在国外期间，两个人几乎坚持不打电话也不发邮件，所以有很多话要说。未纪刚去澳大利亚旅行，实加就被调到企划部。早就对企划部死了心的她本打算在营业部当一辈子普通职员，认认真真过理想中的"百分之四十理想职员生活"，所以对突如其来的人事调动吃了一惊。想到未纪曾经那么渴望分配到企划部，她心痛不已。她想，再坚持上一阵子，也许去的就不是我，而是未纪了……也许当时我还是应该挽留她的……然而实加在归来的未纪面前只字未提内心的自责，而是用不开玩笑的语气简单讲了自己调动后不久就在一次公司外商业洽谈中遇到了一名商业公司的职员，后来他成了自己的丈夫。

"从交往到决定结婚非常快。我彻底明白了，结婚真的是类似于缘分的东西。你以前说的话是对的。"

"缘分不神秘吧？"

未纪尽量把她丈夫置于视线之外，说。

"是啊，果真。可我那阵子恰是最冲动的时候，不能理解这个啊。"

"不过你真了不起呢，实加，你真的结婚了。从电话里听说后直到现在，我还是有点难以置信呢。"

"但这是真的吧？这就是个时机问题呢。嗯，是时机还是命运呢？就算你没在等，它也会自己从那个地方跑来。"

那之后实加用的也净是不带一点讽刺意味的稳妥话语，讲述了两个人从相遇到新婚生活的新鲜感和辛苦之类。未纪甚至不知该在中间什么节点上附和一下。这种中规中矩的说话方式太不像实加了。未纪有点怀疑是不是她身边的丈夫事先一字一句地指教过她？或者实加这孩子原本就是用这种方式说话吗？不，也许说话的不是实加而是她身边的丈夫吧？总之，等她回过神来，实加的近况汇报已经结束，该轮到未纪说了。

　　未纪讲了在澳大利亚的十个月里发生的事情。头两个月在布里斯班的语言学校里度过，接下来的三个月在悉尼的寿司店里工作，后面的五个月在凯恩斯打工，当乘务员，和留在日本的男友在出国后不到一个月就分手了。和在语言学校认识的比自己小的中国人、工作的寿司店的店长，还有在海上结识的西班牙人有过短暂交往，却没有自己期待的巨大浪漫造访。还去了艾尔斯巨石，吃了烧烤，去冲浪和骑自行车，脚的小指弄出了小裂缝，晒得颈部出现橡果状痕迹，胖了六斤后又瘦了四斤。

　　"那你现在还和谁交往着吗？"实加问。

　　"嗯——"未纪摇摇头。

　　"可是你前男友好像非常爱你呀！我只见过他一回，名字也记不住了，但我很喜欢那个人呢。"

　　确实，他温柔体贴，是个招人喜欢的男人。出国一个月后，当未纪在电话里提出解除婚约时，他大发雷霆，大吼大叫，简直让人怀疑电话线要在太平洋里被扯断了，不过他倒是没有专门打到澳大利亚来。最终就那样不了了之。未纪享受了三十岁之前最后的自由时光。也许那不仅限于二十多岁的年龄段，也是她人生里最为自由的十个月。

两个人互相报告近况期间，实加丈夫一直在她身边乖乖听着。他几乎不开口。真是个识趣的人呢。未纪心想。要是他能说句"我去散散步再回来"或是什么，把现场让给自己和实加两个人，那就更识趣了，可是他一直待在那里不动。期间实加去厕所时，未纪故意不和她丈夫说话。自己还得顾虑他让未纪生气。倒是她丈夫细心地和未纪聊了起来："花儿很漂亮呢。"

"哎？"

"就是那边装饰的花……"

她丈夫指了指店中央大桌子上摆放的花瓶。里面气势恢宏地插着将近二十朵大朵的大丽花。他们俩默默无言地看着那个大丽花花瓶，直到实加回来。

回来后的实加不知为何不大说话，待到气氛转为该离开的时候，未纪代大家收场总结：

"发生了好多事，但去一趟真好。"

她直到最后也没能说出自己和那个分手的男人曾有过好几个月的婚约。

在实加的婚礼上，未纪用读信代替发言，之后吹奏了自己擅长的单簧管曲子 *My Way*。

钢琴伴奏拜托给了从前曾成为她们俩的"花"的N公司后辈。未纪从初中起就接受一对一训练，高中时代进过吹奏乐部，大学时代还在管弦乐部担任声部负责人，技艺了得。一曲终了，未纪战战兢兢地打量穿上新娘装的实加的表情。实加安静地微笑着。那微笑庄严得神圣，从肌肤里面散发出淡淡光彩。未纪想要报以微笑，脑海里却浮现出只见过一面的实加前男友的脸，尽管这些年全然忘记他的名字、模样，甚至连他存在过这一事实也已忘记。实加曾交往过七年、交给他一切、仿佛手工制作的那个他……那个人竟然放走了，不对，是逃开了如此美丽的实加吗？不管怎样，今后他将永远无涉实加的人生。他本该放弃一切得到的正该是实加的这张笑脸，然而，这已经永远和他两无干涉了！

未纪自己也没发现什么时候哭了起来。抬起头，她看见刚才还面露微笑的实加和自己一般情形地哭了。

在曾经被邀请的婚礼上，在流下感动泪水的人身边唯一板着脸的两个人，认为在那里流泪屈辱至极的两个人，今日今时却仿佛从某个秘境中被带来的哭丧女人一般，哭得一塌糊涂。

两年后的夏天，实加生下一个女孩。

直到怀孕九个月，实加才请产假。企划部为她举行了隆重的产休送别会。带着尽早复职的热望，实加暂时离开了 N 公司。

老实说，未纪离开公司以后只剩下实加一人很令她难过，实加数次认真想过离职。只不过她无论如何难过，都没像未纪那样暴饮暴食或是想打谁一顿，所以她对自己说，如果一定要辞职，就等到被逼到极限、万般无奈的节点上再辞吧，结果却不了了之。她婚后得到了丈夫的鼎力支持。就这样，实加在企划部一心扑到新工作上，竟在不知不觉中成为提携后辈的人。新职员时代的经验派上了大用场，无论新职员的能力多差，都比不上实加当初的落后和消沉。实加对那些后辈讲了自己的经历，然后讲了自己走到今天的历程，激励他们。而且以她为中心的团队设计的、无论穿颜色多鲜艳的文胸都不会透的女性吊带内衣大热，让她船走顺风。在这样埋头工作期间，公司的女职员不知不觉聚拢在她的周围。实加原本讨厌女人，寄予她深厚信任的却主要是女性。这样被女性依赖、被她们担心、和她们相互鼓励，不可思议地让实加心情舒畅。只是她不明白为何体味到这种愉悦的不是未纪而是自己？每当看到两两结伴去楼下 Doutor Coffee 买东西的年轻女孩子，实加的眼里都会泛出淡淡泪光，但没有一人发现这件事。

实加的女儿出生时三千零四十五克，取名为叶月，乍一看很像妈妈。生产前后，她丈夫自始至终陪在身边嘘寒问暖。因为非同小可的余痛和非同小可的喜悦，直到抱起新生的婴儿，实加也几乎未发一言。

　　产后第三天，未纪带着向日葵花束和贺礼包来看实加。

　　"痛吗？"

　　未纪边打开包裹边问。

　　"快要痛死了。"

　　实加抱着婴儿应道。

　　"生的时候什么感觉？"

　　"感觉就像一百次二十四小时马拉松的最后时刻连在了一起，即将进入武术馆之前的时刻。"

　　"哎……"

　　"不过，生下来时真的很感动呢，简直没有比这个更感动的了。我打心眼里觉得活着真好。"

　　"是吗？"

　　"怎么说呢……"

实加找不出别的合适的语言形容那种苦楚和喜悦。未纪从包裹里拿出连体婴儿服，轻轻放在婴儿脸蛋下方，说："合适吧？"然后自己也把脸凑过去，对婴儿说："我是未纪啊。"小婴儿的视线游移不定。

"你这么疼爱她吗？谢谢你，未纪。要不要抱抱？"

"嗯，"未纪伸出手，却又缩了回来，"还是算了吧。"

"总觉得害怕，太小了。等长大一点再抱。这个放在哪里？"

未纪难为情地笑着说，将礼物放回盒子里。

"哎，未纪，我后天就回家了，再来玩啊。"

"嗯。"

"真的，什么时候都行。"

"嗯。"

"我老公也说想见你。"

"嗯。"

未纪的视线和刚出生三天的小婴儿一样飘忽游移。实加静静地望着她的表情，未纪太沉默了，表情纹丝不动，实加担心起来，问："未纪，你累了吗？"

未纪蓦然一惊，露出笑容。

"嗯，完全没有。我还在想你生产时会有多痛。"

"这个只有试过才知道呢。未纪，多锻炼一下比较好呢。"

"我今年要好好看看二十四小时马拉松。"

"嗯，要看呢。"

实加笑了，却留下了难以言说的什么。

目送未纪挥手离开病房数小时以后，实加终于承认，自己和未纪都有了点年纪。

未纪那时正在西新宿的高楼里的一家耳鼻诊所做问诊接待员。从澳大利亚回来之后，她通过远程授课学习了医疗事务，这工作还算得心应手。晚上她演奏单簧管。从十二岁一直到二十二岁，就像牙刷和圆珠笔一样，她理所当然地每天都要接触单簧管，那种凉冰冰却又带着温润的木管乐器的触觉至今依然在向未纪猛烈地诉说着什么。

　　未纪起初用唇含住吹口找回那种微妙的感觉。从那时起，她按照初学者教材练习指法，去上一对一课程，通过那里的老师介绍加入小型业余管弦乐团，时常在东京的活动中演奏，转而通过乐团伙伴介绍加入七人编成的爵士乐队，带着比学生时代多出几倍的强烈上进心，技艺日新月异。如今凭她的技艺，已可以成为半专业的单簧管演奏者，受人所托在酒吧或饭店的角落里演奏了。恋人依然时有时无，过着还算满意的生活。她挣的钱不多不少，足以果腹，公司职员时代的存款还剩下大约一半，也入了民间健康保险。她对音乐倾注了无尽的热情，有属于自己的、可以尽情用水用电、能不被人打扰地安睡的房屋。只有每月一次的生理期前几天会烦躁不安、心情灰暗，但一过那个时期，马上又可以恢复原先的安闲生活态度。

　　自从去了澳大利亚，未纪心中生出自己可以不依赖任何人独立生活的确信。这确信尽管毫无根据，她却无来由地感觉只要自己能够相信就会得到救赎。她生气自己仅仅因为疲惫就和那个好脾气的男人订婚。自己明显忽略了爱情，想把生活的全部寄托给那男人，希望躲到那男人的庇护之下……其实完全没那个必要。和那男人分手令她神清气爽，却对因自己的懦弱浪费对方时间一事心生愧疚。然而，当她呼吸着澳大利亚干燥的空气，每日目睹着堂而皇之将西瓜般的便便大腹露在吊带背心外招摇行走的中年女人和在超市停车场里令人怀疑脑袋会不会掉下来般疯狂扭动着身体怀抱吉他唱歌的年轻人时，未纪便不再苛求细节了。她希望今后只要不饿死就好，还是要做着自己喜欢的事情生活下去。因为这不是别的什么人而是自己的人生。因实加结婚回到日本的未纪躬身践行了自己的决心。倒不是讨厌身为N公司职员时忙忙碌碌的自己，她只是感觉现在的生活才更像自己，更像个人而已。尽管收入减少到当公司职员最后一年的三分之二以下，经验、存款、洋服、鞋子都没有增加，但重要的东西一样也没有减少。未纪感觉自己做得很好。是的，火候正好。这样就好。

实加结婚、怀孕、生子、复归职场、为家庭和职场奋斗的这几年，未纪也继续着自己每天的生活。起床、吃饭、在耳鼻诊所做接待、再吃饭、再在耳鼻诊所做接待、吹奏单簧管、吃饭、睡觉。期间虽然间或掺杂男人的身影，每天却是在清爽的心情中度过，连感冒都没患过一次，也从未苦于贫穷。然而，无论是澳大利亚干燥的空气还是东京的悠闲岁月，都无法消除未纪心中和迄今的混沌共存的一样东西，那就是关于那个唯一能和自己互相发誓永远忠诚的男人的、如今已几近神话的、始于少女时代的永恒的幻想。

未纪绝不打算放手这个自己一度想要抛弃的梦想。未纪继续着自己的生活，其本身就是对他的等待。

五岁的叶月开始称呼未纪为"米奇姨"[1]。

[1] "未纪"的日语发音接近于"米奇"。

每次来家里玩时，米奇姨都会给叶月吹奏单簧管，她希望用那愉悦的音色给五岁的幼儿注入新的思想。未纪在心中祈祷，这样下去，她心里眠宿的小小音乐种子或许会在若干年之后的某一天，也许突然有漫漫悲伤袭来之时，能够悄然发芽开花，成为她的某种支撑。那时候未纪的单簧管技艺愈发精湛，耳鼻诊所的工作也娴熟省力，她将更多的时间和精力分给了练习。未纪成为一年举办两次大型音乐会的大规模业余乐团的成员，同时走穴多家爵士乐团，还被收录到多张唱片里。

一个周六的下午，看着未纪在叶月面前吹奏《伊帕内玛的女孩》，实加漫不经心地说：

"未纪，你的头发一直很短呢。"

从澳大利亚时代开始，未纪就剪短了头发，再没留长。发尖刚要触及肩膀，她马上就会毫不犹豫地剪掉。

"嗯，怎么突然问这个？"

未纪从嘴边拿开吹口，答道。

"我好怀念长头发时的你呢。"

"是吗？长头发更好吗？"

"我已经看惯短头发的你了，所以在想，如果现在留长了会怎样。"

"我喜欢短的，暂时不打算留长了。实加你不剪掉？我好想看看短头发的实加呢。"

"可能我不适合……"

"哪儿会呀。"

未纪再次衔起吹口，开始接着吹奏《伊帕内玛的女孩》。实加继续说：

"好不容易养起那么漂亮的头发，太可惜了。你做个头皮精油按摩怎么样？我都在洗头发前自己做。你瞧，是不是很有光泽啊？"

未纪看看实加的头，说："是啊。"

"还有指甲，好不容易留了那么长的指甲，真是可惜。美甲比以前便宜多了，比自己涂指甲油要好看得多，而且可以保持三星期左右，无论淘米还是在哪里划了，干什么都不会掉呢。你瞧，这就是前几天做的，你注意到了吗？很漂亮吧？"

　　未纪又一次将触到吹口的唇移开，回答："是啊。"

　　"还有眼睛的……"

　　"实加，你怎么了？"

　　未纪彻底放下乐器，转向实加。

　　"你什么时候变成美容专家了？你知道我对这些女人间的话题不感兴趣的吧？"

　　"我知道，但你以前比现在还是在意的吧？"

　　"过去嘛。但现在我希望尽量保持自然的感觉。"

　　"是吗……"

　　"怎么？"

　　"不，没什么。"

　　"我觉得我还在最低限度地修饰仪表。"

　　"嗯，这点我很清楚未纪一向做得很好。"

　　"那你没意见了？"

　　"嗯，没意见了。"

　　接下来直到未纪再次吹起《伊帕内玛的女孩》有

短暂的空白时间，两个人绞尽脑汁试图加上一句属于她们自己风格的戏谑玩笑话，却无论如何也想不起完全与现场吻合的话语。

　　实加产后十一个月重返企划部，又过了五年，如今被安排了部长代理的职位。

　　因工作晚归时，住在附近的婆婆会帮忙照顾叶月。婆婆通情达理，从未责怪过忙于工作的媳妇。休息的日子里，实加一股脑地拿出所有的母爱，想找回平时亏欠的部分，可是只要平时照看她的祖母不在，叶月就多少会显得百无聊赖。每每看到女儿认识到她是自己母亲之前那一瞬间的漠然，实加不知多少次想过该是辞职的时候了。将自家幼小的孩子扔下不管，却去鼓励、抚慰、斥责、悉心照料别人家已长大的孩子，她为这样的自己烦躁不已。然而不知为何，实加既无法对丈夫，也无法对同事坦陈这份烦躁。身为妻子、母亲、上司，她告诉自己应该在心里默默处理好这份情感，连那点抱怨都要不得的。

　　每次想到要辞职，实加都会想起十五年前第一次萌生那种念头的那天，想起当时自己满心的失望与愤怒。只要活着，就要这样子挣钱，最终承认自己是个无聊的人，这个过程就是人生……已经三十七岁的实加足以从容到将二十二岁时自己心里的那种失望看作刚步入社会的年轻人稚气未脱的感慨，一笑置之。然而，回望十五年的时光，实际的人生中，她并没有多少闲暇慨叹无聊的自己。特别是成家有孩子之后，实加渐渐失去了对自己的关心。当然，因为在职场上有了立足之地，她必须做出煞有介事的样子，带着煞有介事的威严提携下属，但单身时代本应是自己生活原动力的自尊心或是志气一样的东西却渐渐淡去了。然而她依然无法下定决心辞职献身于家庭，也许正是那日渐淡弱的东西在做最后的抵抗吧。想到十五年前什么都不是、只是一个性情乖僻的新职员的自己如今为人妻、为人母、为人上司这一现实，实加不由感觉有阵舒爽的风吹过心头。"你们瞧!"她想不对任何人地大声呼喊。这份自豪里有着令人无法抗拒的魔力。辞职以后依然是妻子、是母亲,这一事实不会改变,然而一想到只有出色履行这三种职责,自己才成为自己,她便会感觉萎靡的自信再度涌起,感觉哪怕放手其中任何一个,自己也将再度回归那个什么也不是的自己,于是便一筹莫展起来。话虽如此,若说实加唯一的愿望,那便只有叶月的茁壮成长了。即便醒悟到自己的实际行动中有着严重的矛盾,却也找不到除此之外的任何一个活下去的理由了。如果说还有什么牵挂的话,那就是父母和丈夫的健康,再就是至今依然单身的密友的未来了。

每次看到来自己家里、在女儿面前吹奏单簧管的未纪,实加都会为年已三十七岁却依然像个高考补习生一样东游西荡的她担心。未纪自然不是什么高考补习生,尽管深知她有聊以糊口的工作,按照自己的方式心满意足地生活着,但是在实加看来,未纪似乎总是在逃避人生中重要抉择的瞬间。未纪似乎没有一点点自己心里纠结着的矛盾。而且她似乎并非没有恋人，却至今不肯跟谁结婚，令人费解。然而，此时的实加已无法要求她对自己的疑惑给出爽快的解释。

从澳大利亚回来之后，未纪不再像年轻时那样主动倾吐个人的烦恼。她似乎不管说什么都会说到实际想说的七成左右就缄口不言了。感觉这比例最近愈发减少了。也许她体谅自己忙于工作和育儿，在故意回避吗？不过，一想到也许还有别的什么原因，实加便感觉自己不便刨根问底了。她决定尽可能不介入未纪的私人生活，和她保持一直以来的友情。

然而，未纪年龄越大越不在乎仪表，令实加稍生遗憾。未纪皮肤白皙，年轻时片刻不离地带着防晒霜，可是自从在澳大利亚晒黑回来之后，大中午的也几乎素面朝天。年龄的增长如实地表现在她的颈部和眼睛周围。就连过去一丝不苟去美容院烫染的头发似乎也懒得保养了，感觉总是一洗了事，从前涂着指甲油的指甲如今也什么都不涂了。如此想来，实加不禁好笑起来，原来年轻时的她们曾经的举止颇为女性化呢。明明那么讨厌女人，每次见到她们都会恶心地说三道四，原来她们自己却只不过是那些寻常女人中寻常不过的两个罢了。本以为当初就对此心知肚明，如今的认识却又加深了两三成。自己是女人。实加希望未纪找回曾经的女人味，否则她们两个人的隔阂会愈发深。如果失却那种女人味做基础，她很难找到自己和未纪的共通之处。实加不禁觉得，她和未纪只有通过女人喜爱的食物、美容、文化、生活方式之类的东西才能进行交往。

每逢未纪来家里，实加都不去问她私人性问题，却试图找那一类话题一点点地跟她聊。可是未纪根本提不起兴致，要么明说"没兴趣""不懂"，要么更糟糕的时候还会做出和很久以前看向嚷嚷着"好可爱"、打扰两人购物的那些女人如出一辙的表情，无言地看向自己。看到未纪这副表情，实加讨厌透了自己这样的人。归根结底，承认自己是个无聊的人这一过程就是人生……连十五年前涌上自己心头的那种稚气未脱的顿悟在此情此景之下也无法一笑置之了。

尽管不愿承认，但迎接每个周末来家里吹单簧管给叶月听的未纪逐渐让实加觉得痛苦。

一个刮着大北风的深冬日子里，走在铁路边小路上的未纪与一个吃着冰激凌的女人擦肩而过。

已是傍晚时分，天气冷得像要下起雪来。未纪穿着长到膝盖的大衣，戴着毛线帽。这样的寒冷中，女人却只披了件毛衣开衫，长长的头发迎风吹起，一只手拿着冰激凌杯到胸的高度，另一只手拿着勺子，一小口一小口小心翼翼地边吃边从对面走来。一瞬间，未纪将公共车站灯光下的那个女人看成了实加。未纪差点情不自禁地拍着她的肩膀嚷起来：喂，来我家一起靠着被炉吃冰激凌吧，我家暖和极了，巧克力和花林糖都有呢！接下来的瞬间，一辆鸣着警笛的救护车从拐角驶来，未纪感觉里面躺着受了重伤的实加，一瞬间她忘记了冰激凌女人，差点要追在车后跑起来。

实加孤独无依。虽然她有丈夫、有女儿、有下属，但我知道，实加远比我更加孤独无依……

女人和救护车都离去了，在空寂无人的小路上，未纪蓦然想到这些。其实未纪已不是第一次有这种感觉，但在这黄昏时分的小路上，她前所未有地痛切感受到这一点。可是自己又能如何？本该被可怜的人不正是自己吗？不正是在这寒冷的傍晚孑然一身饿着肚子赶往无人等候的漆黑房间里的自己吗？

数日后，当她和正在交往的男人在表参道的咖啡店里喝咖啡的时候，店里的 BGM 出人意料地传来 Blur 乐队的 *You are so great*。直至曲终，未纪一直悲伤不已。未纪考虑的是自己死后的事情。如果自己再过五分钟死掉，生前最后听的曲子就是 *You are so great*，如果实加在葬礼上或者某个时间点上得知此事，自此以后她会不会每次听到这首曲子都会想起我呢？此时未纪想象中的实加依然孤独无依，不见她丈夫和女儿的踪影，实加孑然一身住在那套 3LDK[1] 的公寓里。

　　未纪发现，最近实加不怎么欢迎自己来家里玩了。实加对自己十分用心，尽量避免不必要的干涉。你在和谁交往？有没有正经存钱？她不再像从前那样不假思索地询问这些问题。在表参道播放着 *You are so great* 的咖啡店里，未纪对面坐着一个已有妻儿的男人，这一点让未纪稍感痛苦，可是就连这种痛苦的感觉也无法和实加轻松分担了。其实不仅是这个男人，大约从三年前开始，未纪交往的全都是已婚者。更为不堪的是，其中还有曾被实加和未纪当作"花"一起玩过的男人。不过，未纪只能独自承受这一连串难以承受的恋爱事件，她不愿再像过去那样对实加倾诉。和自己不同，实加已没有那些闲工夫了。而未纪心里却隐隐留恋起两个人之间二十多岁时肆无忌惮到经常会认真惹恼对方的一些谈话。可是现在已然不能了。哪怕一次也好，

---

[1] 即三室带厨房和餐厅的房子。

未纪始终期待着实加能问问自己生活表面之下的什么，而实加却绝口不问。自己有这样的期待，那么反之自己是否也该认真听听那些关于头发和指甲的谈话呢？是否该做做头皮按摩或者尝试一下美甲呢？

三十七岁的实加在想什么？说什么才能让她自然地笑？未纪已经搞不懂了。最近两个人之间的谈话全是关于叶月。若没有叶月这一存在，她们已无话可谈。实加努力提起别的话题，而她总是忍不住劈头挡回去，未纪感觉到自己的不成熟、不近人情。然而每次面对实加那与努力装作若无其事的语调背道而驰的胆怯眼神，未纪都忍不住那样应答。

"你认为友情会结束吗？"

一次，匆匆结束男女之事后，未纪问躺在旁边的交往对象。他比自己小两岁，音响技师，在爵士音乐会上结识。

"什么意思？"

"男人和女人，就算已恋爱结婚，厌烦了就可以分手的吧？其中一方会提出分手吧？分手以后便不再见面，永远结束，然后关系就彻底了结了，对吧？可是和朋友却不能这样子结束。即便感觉出现问题，已经无法融洽相处，却也似乎只能听之任之，任由关系疏远下去……都说一旦成为朋友，便永远是朋友……"

"所以说，同性的朋友是一生的珍宝啊。女人会背叛自己，朋友却不会。"

"你这么认为吗？"

"我会珍惜朋友啊。"

"我觉得友情也会消失。友情也会燃烧殆尽，只留下曾经有过的事实。"

"你在说谁？"

未纪蓦然一惊，看向男人的脸。虽然与这男人交往已近一年，未纪却从未和他谈及好友实加，也根本没告诉过他实加的名字，以及自己有个公司职员时期便相识的闺蜜。

实加和公司里一个叫久留米的女人要好起来，她和自己差不多同时休产假，又差不多同时期诞下女儿。

久留米比实加早一年进公司，进公司后一直在会计课工作。她们碰巧住得很近，孩子又上的同一家托儿所，便自然而然亲近起来。通过久留米，实加结识了多名与自己境遇相似的妈妈，她们都请了产假，现在又回归职场，一边工作一边育儿。里面虽然也有单亲妈妈，但交谈起来并未感觉有什么特别。实加为孩子不肯亲近自己苦恼，对此不少妈妈都有共鸣。千辛万苦当了母亲，却要削减和如今或许是最可爱时期的小孩子共度的时间去工作，妈妈们常常扪心自问有无这一必要，却依然继续工作着。她们有经济方面的理由，有个人生活方式的理由，有各种各样的理由。尽管她们可以让自己、让周围的人理解那些理由，却依然觉得辛苦。

到了休息日，实加开始带自家孩子去那些妈妈家里玩，有时也会邀请他们来自己家。丈夫们也自然而然相熟起来。这种家庭间的交流出人意料的愉快。夫妇相处的方式、亲子相处的方式各不相同，就连孩子的行礼方式都不相同。然而，这些人和自己的家人活在同一时代，他们养育的孩子或许会在十年之后又像这样子组建别的家庭，将绵延至令人恍惚的遥远未来。想起这些，想起这样的传承整体或许就称作人类的历史，实加便感觉自己现在的苦恼渺小得不值一提。怎样都无所谓了，只要尽自己所能以最佳方式将孩子抚养成人便好。看见那些妈妈以各自的方式或痛打孩子或紧拥入怀，或欢喜或难过，实加似乎一下子就放松了。她感觉这些人不是敌人，而是亿万之众的人类当中和自己境遇相似并足以因之令自己欣慰的可贵同伴。

"能认识久留米可真是太好了。"

"哎？"

正准备往炒锅里放油的久留米吃了一惊，停下手。

"啊，那个……我不大有朋友……"

"怎么会？你在三上她们那些部里的女孩子里不是很有人气吗？感觉你是她们倚靠的大姐姐呢。"

"可我真的不是主动加入圈子的类型，若不是你帮忙招呼，我想我无法结识别的妈妈。要是那样，我想我必定会相当累。"

"嗯，嗯。"久留米点点头。

"老公倒也体贴，但怎么说呢？有时候没有办法很好地把自己的意思传达给他……"

"是啊。的确，老公再怎么配合，能够彻底理解咱们这五味杂陈心情的大概终归还得是妈妈们呢。"

"嗯……"

实加放下心来，将切成大块的卷心菜盛进沙拉碗里。久留米的女儿美由在客厅那边哭起来，传来丈夫笑着安慰她的声音。"怎么了呢？"久留米拿毛巾擦擦手，走出厨房，剩下实加一人。她炒好菜，从袋子里拿出速食面，和半杯水一起放入炒锅，盖上盖子。实加将袋子倒过来，想拿出里面的调味粉包，却连带着倒出一个小小的透明袋子。是红姜。

实加冻住了一般，呆呆地望着掉在桌子上的人工粉色。她感觉有什么不吉利的东西正从遥远的对面朝向站在久留米家厨房的自己逼近。起初它像一个小点，须臾就像视力检测时盯视的部分缺失的圆圈一样，凝神细看时，形状渐渐变得鲜明。那是未纪。

未纪！实加在心里呼喊。未纪、未纪、未纪现在在什么地方做着什么？

未纪已有三个多月不来家里了。以前每个周末都来，至少每两周必来。

你觉得结了婚的女人会怎么看我们？实加想起结婚前二十岁年龄段最后日子里的某一天曾被未纪这样问过。记得当时自己好像回答说"不知道"，但现在，她清楚地知道了答案。现在的实加对未纪抱有的不是同情，不是怜悯，也不是羡慕，而是恐惧，是害怕未纪蔑视自己或者憎恨自己的恐惧。实加一直在害怕。她自认比从前待未纪温柔得多，希望自己不会被她进一步嫌弃，可是尤其最近几年，和未纪在一起总会莫名惶恐。她总是战战兢兢，心绪不佳。未纪每次来家里，自己的生活里似乎都会被放进一个又一个看不见的文镇，而且那些文镇会蓄势待发，将自己在家庭和职场中瞬间浮现的幸福感牢牢压住。不过，实加尽量不把那些文镇和未纪这一存在联系在一起考虑。可是不对，那果然还是未纪。我之所以在这些微的幸福中无法彻底安宁，就是因为未纪和未纪所代表的所有孑然一身的女人。证据就是此时此地，未纪依然化身为红姜跑来威胁我！

也许不再和未纪见面会更好。这样想的瞬间，实加感觉那是一个顶好不过的简单明快的解决方案。莫名觉得应该保持这种两无干涉的状态。一旦某种东西成为过去，将会永远作为过去，只留存于心里。未纪是"年轻时的朋友"。给她这样一个温柔又怀旧的名字，这就是个只需悄悄贴进相册里即可的话题了。

久留米回到厨房，拿掉滋滋作响的炒锅盖子。水已经全部蒸发，面糊了。实加赶紧道歉："对不起，我走神了……"她却笑说："没关系。做个炒面总还可以呀。"说完，用长筷子整个搅了搅。实加帮忙把做好的炒面分盛到盘子里，端到客厅里的饭桌上。实加吃光了放在最上面的红姜。她不会再仅仅因颜色看起来廉价而虚假之类的理由将红姜赶到盘子角落里了。

如今除了久留米，实加还有很多伙伴。有很多的伙伴带着和她同样的工作、育儿烦恼，在好不容易得到的些微幸福中祈祷获得片刻的心灵安宁。

那年十二月，实加的手机收到未纪久违的短信。内容为"所属乐团要举行面向家庭的圣诞音乐会，方便的话来听吧"。实加虽然犹豫不决，却还是问了丈夫是否方便，又问了女儿的意愿，然后回复"我们一起去"。未纪回复说："明白。在接待处报上我的名字就能进去。""嗯，谢谢。好期待呀，叶月也说想见米奇姨了。"

那天，实加让丈夫和女儿都换上外出装扮，自己也用卷发器卷了头发，穿上羊绒开衫，戴好珍珠项链，出了门。她顺路去花店，狠狠心让人包了一束一万元的漂亮花束，然后又去百货店买了塞满馅料的德国史多伦面包。会场上挤满了跟他们一样的家庭。若是自己和未纪年轻时看见这个，一定会不约而同地做呕吐状："哇——！""恶心！"想到这儿，实加不由得微微笑了。不光是结伴的女人，她们还讨厌拖家带口的一群人。看到推着婴儿车从对面走来的妈妈，自己会率先躲到道路另一侧，未纪却会盯着婴儿看，说："好可爱！"未纪本该只承认狐獴一家"可爱"的。

音乐会开始了，很快就有一个孩子在什么地方哭起来。于是就像启动了水泵，四处都有孩子哭起来。叶月一脸嫌弃，说"小孩子真烦人"，舞台上的大人却依然面带微笑继续演奏。身穿黑色无袖连衣裙的未纪位置靠后，挡在前面中提琴手的影子里，看不太清楚。不过在《糖果仙子舞曲》中依然听得出未纪的单簧管声，实加凑近旁边的叶月耳根，小声说："这是米奇姨吹的呢。"叶月没有说话，凝神倾听其中的音色。

加演曲目结束后，未纪看向整个观众席，在里面寻找实加一家人。任凭她怎么凝神眺望，观众席上众人的脸看上去都是一个模样，找不出熟悉的面孔。演出过程中，未纪心中一直浮现出坐在什么地方凝神静听的小叶月的面庞，然而全部演出结束后，她这样眺望着观众席，却感觉叶月和她的父母也许从一开始就不在那里。

回到演员休息区，写着实加和叶月名字的大捧花束被送了过来，还附带着一包点心。未纪拨打实加的手机。呼叫音响了很久，正当她准备挂断时，电话里却传来人群的嘈杂声。

"未纪吗？"

未纪已有半年没听见实加的声音了。

"嗯。来了吗？谢谢你们的花和点心。"

"嗯嗯，我才应该谢谢你请我们来呢。叶月好像也很开心。"

"是吗？太好了。谢谢你们到年末还专门过来。"

"哪儿有啊。"

一阵沉默。几乎是被义务感驱使，未纪问："现在有空儿吗？"

"现在？"

"嗯。难得见面，要不要去喝点什么？出了大厅，马路对面有一家 Doutor Coffee。"

"是啊，难得呢。未纪，你能马上出来吗？"

"我稍一收拾，马上过去。"

"明白了。那我先过去等你吧。"

"嗯，Doutor Coffee 见。"

走进 Doutor Coffee 的未纪在舞台上穿的连衣裙外面披了件磨起毛的淡紫色披肩。她冲着坐在里面座位上的实加招招手，在前台点了 M 号招牌咖啡，然后走向实加的桌子。实加独自一人，她告诉未纪，丈夫和叶月去对面公园玩了。

"好久不见。"

未纪啜了一口咖啡，用杯子的温热暖着冰冷的唇。

"我很久没看见你这样打扮了。冷不冷？不过感觉真是雅致。"

"租的呢。"

未纪拿开杯子，微微揪起胸前正中央的布料回答。

"还有，你化了妆也让我觉得新鲜。"

"嗯。"

"音乐会太棒了，叶月也一直在乖乖地听。"

"叶月好吗？"

"她很好。前阵子得了肺炎，有点吓人。"

"在小学里过得快乐吗？"

"嗯，挺快乐的样子。"

"你老公也好？"

"嗯，挺好。"

"是吗？"

"嗯。"

"太好了。"

"嗯。"

厚重的沉默仿佛玻璃大门，从 Doutor Coffee 两侧贴着米兰三明治海报的墙壁迫近。透明的大门同时抵达她们两个人的桌子两端，在连接着她们眉毛的直线上砰然闭合。

两个人没有对视，视线迟疑地游走在彼此久未对坐的身体轮廓上，仿佛这样做，便会不伤害任何一方地摔落将两个人隔开的沉默。对这沉默，两个人感受到差不多等同的责任。然而，两个人已不再年轻，无法心无芥蒂地将它击破。击破这顽强的沉默需要相应的勇气。而且不消说，击破的一方或许需要背负与之相应的痛苦与疲惫，被击破的一方则不可避免地会被尖锐的碎片刺伤。两个人不约而同地将视线固定到桌子上的一点，一门心思为来这里感到后悔，想要尽量拖延这无疑令人讨厌的痛苦。咖啡冷了。邻桌的客人回去了，换成两个结伴而来的年轻女人，坐在那里吃起牛奶千层蛋糕。

最先投降的是未纪。

"实加，没见面的这段日子你变了很多呢，感觉完全成为妻子、妈妈了。"

"或许吧。虽然我自以为从二十多岁起几乎没有改变。"

"不，你变了。我认识的实加更神经质，更爱生气，还有点乖僻，但现在的你感觉很是安稳沉静。写在脸上呢，你是幸福的啊。"

"我确实幸福，但也有相随的烦恼……"

烦恼？什么烦恼？这句话未纪没有说出口。这个问题已经无所谓了。未纪的兴趣已不在那上面。未纪在心里冷然低语：你看你这身讲究的打扮、那不舒服的项链，给年轻时的我们看到会怎么说？唯有打破这顽强沉默的人才能体会到的钝痛和疲劳感在未纪心里慢慢扩散开来。但那痛和疲劳不仅绝不会浸透她的内心，反而化作一种自豪在她心中凝固。看着眼前实加僵硬的表情，未纪心想：她已经得到了这辈子靠"认真人士入门"或者什么才能得到的全部奖励，因而极其心满意足。她因为跟什么人待在一起太久，所以失去了最宝贵的东西，却压根儿没有发现失去了它。

未纪对此扼腕不已，却十分清楚自己无计可施。

"我依然无所事事呢。白天去耳鼻诊所，晚上和休息日吹单簧管。"

"你还不结婚吗？"

"没人跟我求婚。"

未纪笑道。实加感觉那不是单纯的讪笑，而是冲着自己的冷笑。你最近有没有跟谁交往？他是什么样的人？也许现在自己真该问问吧？然而实加已对那些事失去了兴趣。未纪的披肩边上已有两处破损，未纪却没有发现。对面的两位中年女人从刚才就在皱着眉头盯着她裂了大口子的后背看，未纪却也没有发现。实加感觉落下来的沉默碎片并未让自己感觉任何疼痛地掉落在桌子上，她看向未纪的脸。傲慢却细腻，毒舌却温柔——我认识的未纪已不知去向何方，她想。看着眼前这拘泥的面孔带着超出逝去的岁月的什么，实加心想：她带着自称自由之人的人特有的冷淡，不跟任何人亲密接触，不体谅任何人的心情，反过来也不会被任何人体谅，她已完全习惯活在那样的生活里。她因为孤身一人太久，所以忘记了最宝贵的什么，却根本没有发现自己已经忘记。

实加为此感到悲伤，却幡然醒悟，自己仅在年轻时的某一短暂时期参与过她的人生，总体来说，两个人的关系早已结束。

隔着两个大小相同的咖啡杯，实加和未纪打量着彼此的脸，同时在心中低声自语：

可是，究竟为什么会变成这样？

两个人完全在同一时间低声自语同一句话，这是最后一次，之后再也没有出现过。实加和未纪各自剩下大半杯冰冷的咖啡，在咖啡店自动门外分手。

那日之后，实加和未纪很久很久都不再往来，到最后竟都慢慢忘记最后见面的日子。只不过不只在她们两个人之间，自那以后，无数记不起最后见面日子的人出现在她们的人生中。

风

镇上无人认识搬到绿地平房中的姐妹。

本身知道绿地上建了房子的人就很少，了解里面住着人的愈发少。

平房在绿地深处，被高大的榉树和法桐包围着。房子周围整个像盆地一样微微凹洼，一下雨就会积下湿气，久久不干。到了夏天，花蚊子成群结队地出没。初冬时分，枯树叶不断堆积，本就低矮的平房看上去简直就像沉没在树丛中。那里无论清早还是白昼终年光线昏暗，所以无人靠近。还风闻有心理变态者出现。

那对姐妹搬过来时是早春，可是直到梅雨季节开始，才终于有一大清早散步的老人和傍晚时分玩耍的孩子在这处本以为是储物间的房子里嗅到了人的气息。

那片绿地里居然有人家吗？

什么人住在里面呢？

绿地归大家共有，怎么会有人住在里面独自霸占呢？

附近的居民无人知道绿地属于私有土地，所以自然不会有人知道搬来的姐妹就是绿地的所有人。很久以前，突然有人在那边的大片空地上种树、铺草坪、修散步路。因为一概没有长椅、亭子和休闲器材之类，所以并没有公园的感觉，因此附近有人管它叫绿地，这名字一直叫到了现在。每个季节都会有穿着带许多口袋的工作服的工人坐着卡车来这里一次，从早到晚哗啦哗啦地修剪一番之后回去。里面没有栽种结果实或者开花的植物，既没有鸟儿筑巢，也没有鱼儿游泳的水池，只有虫儿多得很，到处都是。整夜刮大风的晴天早晨，散步路上就会铺满虫子尸体。

住在绿地房子里的澄子和贵子是两姐妹，过去和现在都没有朋友。她们的父亲是位十分有钱的实业家，所以她们俩从小到大没有吃过苦，浸在棉花糖般的财富里长大。直到五十岁过半的现在，她们依然讨厌辛勤劳动，沉溺在棉花糖深处生活着。母亲几十年前死于交通事故，她们希望敬爱的父亲长命百岁，他却最终在这个冬天死于胰腺癌。长期分离的姐妹俩住进这所房子是因为尊奉父亲的临终遗命。爸爸的命令是绝对权威。爸爸很强势，一辈子欺虐软弱的母亲，不是打她就是惹她哭，要不就劈头盖脸骂她些小孩子听不懂的话。爸爸也很温柔，他会在孩子遇到困难时，将双倍于求助金额的钱大笔大笔地打过来。可她们两个人的偶像已经缩小，死去了。

"从这条线往这边就是我的地盘了……"

澄子一边将外面捡来的树枝摆成一列，把桌子横向隔开，一边说。

"都是因为你总是越界……"

贵子躺在对面的沙发上，正专注于往小方框里填满数字的游戏。她有个毛病，调动神经时会咯吱咯吱啃咬铅笔头。若是小孩子，这坏习惯尚有些许可爱，但一个五十五岁的瘦削中年女人做起来，就像龇着牙齿啃咬永远咬不动的牛蒡一样。

两姐妹之间的桌子已被二等分，澄子起身走到窗前，往外望了一会儿。

恰逢梅雨间歇，透过树丛间隙的天空昨天和今天都晴朗如碧。这会儿可能是骤雨将至，外面如夜晚般昏暗。平房外面的泥土濡湿，比平时的颜色浓重许多。望着泥土的颜色，命运的一点忽然闪现，过去瞬即返了回来。

"那块土地的颜色和维罗纳的土地颜色一模一样呢！"

澄子大喊，脸上"啪"地亮起灯光。

"就是你知道的意大利维罗纳，还有罗密欧与朱丽叶大街呢。不过，莎士比亚从没去过维罗纳。记得那是我二十六岁的时候，我还曾经在这样一处树林中的小旅馆里住过呢。房间里有真正的暖炉，虽然因为是夏天，我并没有用过。住在那里的人只有我们两个，对啊，就两个人，很不错吧？然后那个人还在街上的珠宝店里给我买了个非常漂亮的浮雕宝石别针……"

"那个人？谁？"贵子将铅笔从口中拿开，抬起头。布满咬痕的铅笔沾满唾液，闪闪发光。

"既然我说'那个人'，当然就是那个人啦。"

"对啊，我根本不用问。就是在姐姐三十四岁时抛弃你的人。姐姐的青春，已是很久以前的故事了呢。"

澄子没有回答，却故意弄出刺耳的声音，打开关不严的窗户。天空是压抑的灰色，重重交错的树枝呜呜作响，潮湿阴冷的风吹了进来。

关上窗户！没等贵子大吼大叫，澄子就关上了窗户。

比起下雨和打雷，她们俩更讨厌刮风。

姐妹俩小时候住过的大房子在高地上，那周围每天都刮着大风。东面有一家大型轮胎厂，所以风里总是带着淡淡的橡胶味儿，傍晚气味尤其刺鼻。不过，像今天这样的梅雨间歇的响晴天气里，若是吸口气清清鼻子，能够隐约闻到栀子花的香甜。风日复一日地刮，终于吹散了高地上的大房子，吹散了两个人幸福的童年。离开那个地方之后，无论吹向两个人的风什么样，都是吹向家乡的风的继续，是同样的风。风永远在追赶着两姐妹，就连父亲死于胰腺癌那日也刮着大北风。

"你真的打算工作？"

澄子回到桌子旁，盯着分界线对面的妹妹的脸。那张没化妆的脸回望向姐姐，上面仿佛坠了秤砣般纵向分布着清晰皱纹，满是老人斑和雀斑。

"是的。打发打发时间。"

"你是说讨厌整天和我脸对着脸吗……"

"……"

"话虽如此，你却不可能真的从这里走出去啊。"

澄子去厨房泡了两杯红茶。苏格兰产的整套茶具是父亲为数不多的遗物。父女之间的纪念物几乎都被父亲的后妻拿走了。使用这套茶具每天喝茶的时候，两个人的母亲尚健在，可是这套杯子却从未四个一起摆到桌子上过。因为父亲在家时，母亲总是在另一间屋子里用餐。

"哎，给你泡好茶了。"

澄子将红茶托盘放在妹妹那边的地盘里。再度沉
迷于智力测验的贵子眼睛看着纸面去拿托盘，却将杯
子推到了地盘对面。

"啊，过界了，你过界了。"

"姐姐，你适可而止吧。"贵子苦笑道。她的眼角
分布着比纵向皱纹略浅的横向皱纹。严守阵地的澄子
那总是深埋在下宽上窄的脸上的嘴唇瞬间浮现吃惊的
表情，却又沉了下去。

骤雨来了。正下着倾盆大雨，贵子开始为晚上出
去工作在镜子前用心地化起妆。

她给每一条皱纹拍上营养乳液，涂上粉底，又画
好眉毛，反复打眼影，用眼线笔将眼角上提，给鼻侧
到太阳穴周围打上淡淡的腮红，最后涂好珊瑚色口红。
然后她又小心翼翼地披散开烫过的头发。

澄子走了过来，抱起胳膊，目不转睛地盯着看。

"你打扮成那样，不害臊吗？"

"不害臊啊。我还很漂亮吧？我身材苗条，五官分明，这张脸很上妆呢。我和姐姐你不一样。"

"打扮起来的大妈很不体面。"

随你怎么说好了。贵子衔起发夹，将拧成一束的头发放到头顶。

"有时候真搞不懂你。你为什么偏偏要做那样的工作？"

贵子"噗"地吐出发夹，说：

"可是我喜欢喝酒啊，我还喜欢打扮得漂漂亮亮地在夜晚出去，也喜欢打扮得漂漂亮亮地找男人聊天。"

"我都说了，五十五岁的老太婆做这些事情很不体面啊。"

"肥婆，快闭上嘴吧。"

"姐姐我把那双珍藏已久的鞋子借给你吧。"

"……"

"对了，想起来了。你要是见了，保准不会拒绝。

我让人在纽约第五十大道买回来的呢。第五十大道，你知道吧？鞋跟很高的。"

"那不是第五十大道……"澄子打断妹妹说了一半的话，说："行了，你等会儿。"她跑向玄关，从重重堆积的鞋盒深处找出想找的高跟鞋。年轻时只穿过两次，所以打开盒子时还像新品一样漂亮，皮面也光彩照人。将头发蓬松束起的贵子穿上那双鞋，拿起小挎包式的手包，站在全身镜前照镜子。三十年前从纽约带回来的鞋子穿在妹妹脚上有点大，但姐姐的脚已经胖得穿不进去了。"等雨停了再走吧。""好吧。""地上泥泞，你小心走，别弄脏了啊。""那我就不穿着去了。""我陪你一起去店里吧。""不了，我自己去。""不行不行，晚上一个人很危险吧。"

最终，等雨停了、天完全黑下来时，姐妹俩结伴走出家门。

骤雨肆虐过的绿地飘散着一股恶臭。这对中年姐妹嗅着脏水的味道，匆匆沿着散步路走向巴士车站。

澄子双手交叉成祷告状，快步走着。她祈祷走在前面的妹妹不要被石头或者青蛙绊倒，祈祷天堂里的妈妈保佑她们俩姐妹，还有最重要的是，不要将自己一个人丢在这昏暗的树林里。她呼哧呼哧地喘着粗气，汗滴滴答答地喷薄而出。澄子这十年胖得很。二十多岁时橄榄树一般柔美苗条的身体如今已如菩提树般粗壮，结实而肥硕。相反，妹妹倒是越来越瘦，虽然两个人只相差三岁，看上去却像差了十岁的姐妹。澄子确实觉得妹妹比自己孩子气得多，特别是生起气来，就像在飞机上哭叫的婴儿，自己虽是大人，却也手足无措。当姐姐的挖苦或者诽谤失了分寸时，贵子会勃然大怒，用比刚才还过分的言辞破口大骂："你这头猪！臭老太婆！赶紧去死吧！"诸如此类。她骂人的方式过于厉害粗俗，所以澄子害怕她，总是哭着道歉。不过，澄子倒不担心这样做会被她欺负。她感觉在现在这样昏暗幽静的时间里，赢瘦的身体上套着晃晃荡荡的洋服、浓妆艳抹、坚定地扭动着腰肢前行的妹妹比胖得脱了形的自己可怜得多。妹妹令人心酸不已。你故作年轻的打扮让我想起妈妈的入殓妆啊——这是澄子这几个月珍藏在心里的话语，为的是应付随时可能发生吵架的关键时刻。

穿过绿地，最近的车站恰好停着一辆巴士。贵子大喊："啊，等一下！"她跑了起来，高跟鞋咔哒咔哒地敲响淋湿的柏油路。"危险！"姐姐在后面追赶。贵子没有回头，被巴士吸了进去。

要是以为这样我就会任你逃走，那可大错特错了。被丢下的澄子一边等下一班巴士，一边平息喘息。我会好好看着你的。

可是，果真在夜总会前下了巴士，澄子的勇气转瞬萎缩在宣传招牌上的夜晚气息里，她做不到一个人进去。她在外面不知所措地徘徊着的时候，三个身穿西装的男人结伴从马路对面走来，一边品鉴着澄子的脸、身体、着装，一边笑呵呵地打开夜总会的门。就在一瞬间，澄子从门缝里看见坐在吧台椅子上把脸凑近客人的妹妹的侧脸。隔着这样的距离看，妹妹非常漂亮。

看来扮嫩果然不是白费工夫。

得知这样，澄子放了心，乘巴士返回绿地。她将贵子早晨烧好后还留在电饭煲里的米饭盛进碗里，也不加热，放上盐渍海带吃完。总觉得没吃饱，澄子又打开电饭煲。这时她才终于发现小窗上的数字计时器显示的时间有点乱，差了八个小时。自己活着的现在是十九点五十二分，电饭煲却不一样。为什么在一起生活，它却无缘无故开始活在另一个时间里？和自己生活在同一屋檐下，非要那样做不可吗？澄子害怕妹妹和这电饭煲一样，在同一屋檐下却开始和自己活在不同的时间里。

之后她戴上老花镜，整整看了两个半小时的电视，然后烧好洗澡水洗澡。洗完澡，她从冰箱里拿出纸盒装的提子饮品，也不倒进杯子，对着纸盒直接喝起来。这在两个人之间是被禁止的。这是常去的超市里总是卖八十元的加味砂糖水，姐妹俩从早到晚以它代水，咕咚咕咚地喝。

补充完在洗澡间里流失掉的水分，澄子任棉睡袍敞开着，上了床。

闭上眼睛，却怎么都睡不着。

在睡眠的等候室里，她对一切都没了感觉，既不冷也不热。一味等待太无聊了，而且总觉得有点害怕，于是澄子起身去调整厨房里的电饭煲的时间。无论按四个按键中的哪一个，都回不到正确的时间，也就是澄子的时间。她回到床上，再次闭上眼睛，漆黑一团、让她无事可干的房间渐渐向她缩小围拢，让她沉默，关住她，不让她去任何地方。澄子希望妹妹早点回来，她真心想妹妹了。

响起咔嚓咔嚓转动门锁的声音，贵子回来了。

姐姐放了心，终于睡着了。

也不知是什么人唆使，一天，突然有宗教和新闻媒体开始对绿地里的这家人展开游说。"要不要和我们一起祈祷救赎？""不祈祷。""先试试看，做一个月看看怎么样？""不做。"

澄子的拒绝很激烈，对方像被麻醉了一般动弹不得。就连煤气安检员，她们都不让迈入家中一步。只有一个人例外，只有那个晒得黑黑的青年保险业务员被允许简单地进入姐妹俩的客厅。因为他声称和姐妹俩出生于同一城镇。

"镇上有个大游泳池，对吧？"

"嗯，有的。"

"那地方有水上滑梯和造波浪的大游泳池呢。"

"暑假时我经常去。"

"那是我爸爸建的。"

哎——？青年发出夸张的声音，向姐妹俩投去赞赏的目光。

"还有，那个镇上的巴士站，哪怕再小的站点，都一定配有长椅，对吧？"

"对不起，我不怎么乘巴士的。"

"那也是我爸爸捐赠的。"

"哎——？"

"下次你回老家时要好好看看。最气派的那个长椅是自来水局西五巷的，绕到后面就能看到啦。那张长椅上还用英文字母写着我们姐妹俩的名字。"

"自来水局西五巷吗？"青年从前胸口袋里掏出记事本，记下巴士站名。

"我们上钢琴课的老师家就在那附近，虽然我们不坐什么巴士。因为有车接我们。不过倒是仅有一次，因为台风，司机在路上发生交通事故，我们不得已坐巴士回的家。因为无处可坐，腿麻得很。于是爸爸就放上了长椅。就是从那个地方开始放的。"

还没过上一星期，青年又一次造访绿地。

他周末去了那个城镇，乘坐巴士去看了自来水局西五巷的长椅，用数码相机拍了下来，并把冲洗好的照片带了过来。姐妹俩兴奋起来，只顾得在玄关前抢照片，把抱着小山一样的保险宣传册的青年赶出了家门。青年并没死心，从没上锁的窗户闯了进来。如果不能多签一份保险合约，他在职场上会觉得十分凄惨。

"我们没必要加入保险。"

"一开始大家都是这么说的。"

"因为我们有应对不测的钱。"

"可是二位还有一些担忧吧？"

"担忧？什么？"

"眼下从表面上看，二位非常健康，但往后再过上几年，其中一位遇上什么事的时候……"

"我们的未来没道理由你这样的年轻人来预见。"

"可是，这个地方有点孤立。如果您签了合同，就成了二位和我之间可贵的缘分了。我有了责任，每个月至少过来一次，来问候二位。有什么事的时候，只需一个电话，我就会马上赶过来。"

"你可以不用来。我们能对付的。不过这照片我们收下了。"

"您二位住在这里也太寂寞了吧！"

青年喘了口气，轮番打量着两姐妹的脸。她们没有马上反驳就是个好兆头。

"保险一事下次再说吧。其实我今天是来邀请二位的。我希望你们拿出一点勇气，加入镇上人的圈子里来。老是这么闷在这昏暗的树林里，对身体也不好呀。加入鼓乐团吧。是志同道合的人凑在一起演奏的乐团。很快乐呢。从小学生到老人，有各种各样的人。"

"我们可不玩什么乐器。"澄子嗤之以鼻。

"没有经验也完全没有关系。老实说，我对音乐也是一窍不通呢。"

"那你做什么？"

"我敲爵士鼓，一种小鼓。"

"那个我也玩过。"正在默默看着自来水局西五巷照片的贵子第一次看着青年的眼睛说。青年正中下怀，热辣辣地回望着她。

"那么，能请您务必参加这次的海洋节吗？在商业街的庆典上会有乐队游行。我们希望增加成员，拜托啦！"

"我会参加的。"

青年赶紧打开记事本，写下排练日期，将纸页扯下来递给贵子。撕下来的纸马上被澄子从旁边一把夺去。

"不行！你没空儿排练的吧？"

"有啊。现在就闲着，所以才这样子待在家里吧？"

"姐姐也来吧？"

"我不去。"

"您别这么说。"

"游行出洋相什么的我可做不来。大热天里抱着个鼓，好傻的。我肯定拒绝。"

"我姐姐十分讨厌在人前做什么呢。不过以前……"

澄子慌忙回敬："你不也一样吗？""不，我和姐姐你不同。""不对，一样的。""不一样！""撒谎！""你才撒谎！"趁着姐妹俩在争吵，青年慌慌张张地从窗户出去了。如果能让姐妹俩其中一人参加鼓乐团就算成功。鼓乐团的队员三分之一都是五十岁以上的中老年人，他们全都在青年的劝说下买了保险。音乐会让人心情舒缓，而舒缓中就含着可喜的商机。

"既然你真的想去，那就去吧。"

大骂一通之后，疲惫的澄子一屁股坐在沙发上。四只脚的沙发像吊床一样被她的体重压弯。

"我想痛痛快快地敲鼓。"

贵子将两手摆成鼓槌状，在空中啪嗒啪嗒地敲起来。

"可是你很早以前就光学我！"

确实，很早以前，贵子学着澄子加入学校的合唱队。不光是合唱队，还有水彩画培训班、习字培训班、现代芭蕾培训班都是，贵子净是模仿姐姐。而且她每一样都比姐姐做得好。即便这样，贵子也是手下留情了。她明明可以做得更好的，却因为不想过分伤害姐姐，并没有拿出真本事。这是因为姐姐比别人加倍容易受到伤害。每当妹妹表现出比自己更出色的才能时，澄子就会马上放弃那项技艺，寻找新的技艺。不久贵子再次追来，轻而易举就赶超了自己。数十年间，她俩就这样跑过了所有的技艺丛林。那片丛林里有猫，有鸟，有田鼠，也收藏有彩纸和橡皮，还有男人。

二十四岁时，澄子为了和订婚的男人一起生活，离开了家，于是贵子也找了个差不多的男人，同样也离开了家。父亲当然反对，但只有那时候，无论姐姐还是妹妹都表现出这辈子唯一一次的年轻气盛，没有听父亲的话。即便如此，父亲依然给两个人分别寄去不致让生活困窘的钱。因为那时姐妹俩的母亲已经去世，后妻刚来家里，也许时机恰到好处。父亲在众多情人中挑了一个最像母亲、性格最坏的女人再婚，似乎很幸福。说起来，澄子和贵子都是只有脸蛋长得像妈妈。显然父亲对女人的脸蛋有明确的喜好类型。再怎么说，爸爸的幸福就是女儿的幸福。二十多岁的澄子心血来潮时，会去做电影临时演员或者模特度日。不用说，只要她应聘上电影临时演员，妹妹就会从什么地方闻风赶来，也来应聘，比澄子在银幕上的影像更大。对身材略有自信的澄子做起裸模工作，贵子也跟着脱衣服，她的身体自然比姐姐要美艳一点。

"因为我真的比你强多了。我任何事都比你做得好。""我只是没拿出真本事而已。毕竟姐姐比你早三年降生在这世上。"

只有在去海外旅行时，澄子才没有说出口这些恼羞成怒的话语。妹妹不能坐飞机，所以无法像姐姐那样和恋人去海外度假。所以澄子不断去旅行，动不动就讲旅行的事。

"说到节庆游行，我二十九岁那年去伦敦时……"

"敲不成鼓的话，我这就要开始敲姐姐你了！"

"哈哈哈，哈哈哈……"贵子放下胳膊，笑起来，"赶紧准备吧。"她当即脱下家常衣服，走到梳妆台前。妹妹瘦骨嶙峋的背影上散落着青斑，仿佛蘸了汤汁的鸡骨头。澄子望着那背影，捡起她脱下来乱丢的 T 恤和裤子，帮她叠整齐。

青年走后的窗户四敞大开，大风夹着雨吹了进来。

排练的第一天，贵子戴了假发，使得发量增加一倍。借姐姐之手卷起的完美高发髻很重，她得刻意仰着头，走进社区中心的一幢房子。

青年保险业务员马上发现了，将贵子介绍给其他团员。手拿乐器的团员有的满脸粉刺，有的络腮胡子，有的布满皱纹，他们温柔地守护着新团员。祈祷着妹妹出个大洋相的澄子带着严肃的表情，从半开着的门缝里望着里面的情形。一只发夹从妹妹应该卷得不留一丝缝隙的高发髻上弹飞，发现这一幕的澄子觉得妙极了，可接下来的一瞬间她砰的一声破门而入，冲向站着的妹妹，用左手掌捂住她的额头，右手迅速帮她把弹飞的发夹插了进去。团员被这突然闯入的大块头女人的毫不犹豫和机敏，还有那回过头来紧盯着他们的野兽般的目光吓住了，瞠目结舌。"这是我姐姐澄子。"贵子介绍道。团员这才松了口气，回到各自的排练中。

青年保险业务员教贵子敲鼓，澄子在旁边虎视眈眈。贵子一出错儿，她就摆出一副"瞧我的"的架势，劈头盖脸地指责："又错了，你到底怎么看的老师？你这不是根本不行吗？""既然如此，姐姐来试试？比看起来难多了。""不试。说想做的人是你吧？""既然如此，请你闭上嘴！"在她俩吵嘴期间，青年用指尖灵巧地转动着鼓槌，满面笑容。"来，老师，别管那老太婆，继续吧。"虽然说过之后，开始再次练习敲鼓，但青年已搞不明白自己的学生到底是姐姐还是妹妹了。就这样稀里糊涂地，天长日久她的技艺总算是长进了。

"她们到底多大年纪了？""听说妹妹五十五了。""姐姐呢？""不知道。""真是些奇怪的人呢。""她们没朋友啊。""是吧？真是些可怜的人。"

这样的对话在姐妹俩不在时被反复说来说去。姐妹俩的举止过于孩子气，当渐渐得知她们俩即使老老实实待着也表里不一时，鼓乐团的团员便理所当然地不和姐妹俩说话了，除了事务性联络以外，不再接近她们。偶尔有人不小心靠近她们，便会马上感到处境危险。所以关照两姐妹一事全部被推给了保险业务员。谁都认为他是自作自受。不过，大慈大悲之人到处都有，也有人深信不疑，只要自己敞开心扉，对方也一定会以诚相待。

有个吹长号的老妇人独自顶着周围的偏见接近她们，她认为两姐妹的幼稚是出于单纯和养尊处优。老妇人住在离绿地步行十分钟不到的租借公寓里。她邀请姐妹俩去家里喝茶。姐妹俩死去的母亲若还活着，应该恰好和她差不多的年纪。这样一个步履蹒跚的老人可怜兮兮地抱着像镀金螳螂、像可怕刑具一样的乐器，歪着布满皱纹的脸"呜呜"吹奏的模样让她们俩觉得有点毛骨悚然。

一个排练结束的周日傍晚，姐妹俩去了老妇人家里。老妇人谈了很长的身世话题。她经历三次不幸的婚姻，现在孑然一身，住在学生住的六张席大小的公寓里，还要再把瘦小的身体折叠起来生活。因为姐妹俩不会跪坐，便把腿伸在榻榻米上坐着。"你们的父母呢？""死了。""什么时候？""妈妈很早以前，爸爸今年冬天。""哎哟，是吗？"

一阵简直让人怀疑她睡着了的漫长沉默之后，老人突然像是神经被三味线的拨子弹了一般打了个寒战，睁大眼睛叫道：

　　"为什么我到这把年纪还活着！"

　　"哎呀，您身体健康，我们正羡慕呢。您不是连那么重的乐器都能吹吗？"贵子赶紧奉承，可她的怒火依然不能平息。

　　"都生了多少回病了！可是总能好！要是身体更虚弱一点，这样就不成了！"

　　"就算不生病，却卷入意外事件和事故死去的人也有很多啊。还什么都没卷入的人在这个时代太稀罕了。"

　　"我才不要什么稀罕的人生。"说完，老妇人站起来，从房间角落里堆得像祭坛的各色相册中拿起最上面的一本。那里面排列着她人生中最精彩时期的照片，也就是她身边有儿子陪伴的时代。"啊，好可爱。""啊，好可爱！"她的宝贝独生儿子如今和外国人结了婚，去了海的那边。老妇人等啊等，却始终杳无音讯。极度的眷恋让她觉得鼓乐团里的年轻男人看着都像自己的儿子，她常常会泫然欲泣。特别是姐妹俩的鼓乐老师，就是那个青年保险业务员对她格外亲切。如果那孩子是自己的儿子，也许不会把自己一人丢下不管。每当她这样遐想，都会悲喜交集地打嗝儿，想拿身体往那些碍眼的柱子或汽车上蹭。她当然入了保险。即使每次生病都不治而愈，入了保险还是让人放心，不会因医疗费忧虑。

"无论是谁，都应该加入保险。保险真是很棒的制度，是人类保护弱者的智慧啊。你们也应该现在马上加入。而且遇到困难时，只需一个电话，那孩子除了出差在外，都会马上赶过来呢。他是我的超人。要不要我现在就帮你们叫他过来？"

"我已经加入了。"贵子说。澄子心中一惊，一个劲儿眨巴眼。"你什么时候加入的？""上星期。""为什么什么都不告诉我？""因为这是我的私事。""姐姐我那份儿呢？""姐姐那份没入。"

之后两姐妹无言地怒目相向。老妇人未出生的女儿的面容与她们重叠在一起。没人照顾她们，两姐妹也都长这么大了。如果我是她们的妈妈，不会让她们过这样的生活。我可能不会让她们耽搁到这个年龄，而是在她们如花似玉、楚楚可怜的年龄找一个像自己儿子那样温柔的丈夫，让她们成为幸福的新娘。可惜啊！

老妇人流下眼泪。泪被皱纹吸了进去，她看上去只是像因为停不下打嗝儿在翻着白眼。

除了姐妹俩无人发现，最近接受打鼓训练的人都是姐姐澄子。

用宽带子固定好缠在凸起的小腹上的小鼓像是恶性肿瘤，仿佛一顿乱敲，就会有脓水或者别的什么冒出来。好不容易掌握了窍门、正暗自得意的澄子抖动着鼓槌尖，"嚓——嚓——"地敲起来，排练室里原本融洽地齐声鸣奏的其他乐器的音阶和声响顿时被冲散，团员都面露厌恶之色。演奏竖式铁琴的小学生姐妹看着澄子如痴如醉地敲鼓的模样，在教室角落里笑个不停。"快看！那个人好像在敲自己的肚子！""真是讨厌！姐姐你过去！"这时，一个总是和那个胖妇人如影随形、瘦骨嶙峋、浓妆艳抹、她们喊作"恶鬼大妈"的中年女人走了过来，厉声呵斥这对小姐妹："闭嘴！她像你们这个年纪时漂亮得像个洋娃娃，而且像天使一样善良。跟她比起来，你们就像豚鼠一样粗笨！""多管闲事，恶鬼！一边儿去！"小姐妹中的姐姐像扇动银色大扇子一样横向挥舞着竖式铁琴，想把贵子赶走。"我才不怕那东西呢！"赤手空拳的贵子勇敢地扑向银色的风，可那少女毫不留情。为了把这盛气凌人的老太婆体无完肤地打倒在地，少女鼓足劲，将竖式铁琴高高举向天花板。琴键闪闪发光，贵子一阵眩晕，慌忙往后跳开，却一下子踩在响葫芦上，跌倒在地。小姐妹再一次大笑起来。

"这里可是鼓乐团吧！"

"绊倒了！绊倒了！"姐妹俩因滑稽至极笑成一团，都淌出眼泪了。跌倒的瞬间，贵子将手腕垫在下面保护身体。贵子手腕疼痛，站不起来，脚腕也阵阵作痛。其他团员正沉浸在自己的练习中，瞧都没瞧一眼这私刑。音乐总是在丑恶和可厌中保护着他们。

姐妹俩提着竖式铁琴，把贵子围在中间，一边跳着古代仪式般奇怪的舞蹈，一边劈头盖脸大骂在爸爸妈妈跟前根本说不出口的、搜肠刮肚想出来的咒骂和粗话，一边围着贵子跑圈。贵子没了力气，身不由己地呻吟着趴倒在地上。小姐妹发出惊叫，贵子细瘦的后颈被人拎起。

"轮到你了！"

贵子被姐姐拖到鼓边，开始练习。她的手在颤抖，鼓槌掉了一次又一次。

贵子晚上不出去工作的时候，两个人就在绿地家中坐在沙发中看电视。

澄子这二十多年来光看电视了。自从三十四岁时和那男人关系破裂，她就和父亲的情人一起——她本是个忠实的女人，是家里的保姆——一边看电视，一边一有机会就盛赞自己父亲的优秀。

三十岁过半的澄子早晨和白天看综艺节目，傍晚看新闻，中间还夹杂着轻松的电视剧，她一天不落地看晚间新闻，到了四十岁，她厌倦了眼下这些，便与有线电视签了合约，一开始只看电影频道，慢慢浏览起料理频道、体育频道、音乐频道、儿童频道，这几年光看推理探案频道。只要打开电视机电源，里面总有案件发生，有什么人被杀。这世上存在着无穷无尽的令人意想不到的被杀方式，这让澄子乐此不疲。

因为总是反复重播，所以大多数电视剧和电影中谁是罪犯、因何杀人，澄子都一清二楚。"那么，罪犯是谁？"每当节目中提出这样的问题，和自己一起看电视的父亲旧情人都会像小学生一样歪着脑袋，拼命给自己分析推理，可她却在父亲患胰腺癌去世前不久死去了。所以父亲看起来就像去追赶她了一样。和贵子在绿地家中一起生活以后，澄子理所当然地要求妹妹充当这一角色，然而妹妹总是比姐姐头脑清醒，马上就能猜中罪犯。就连澄子在一年当中绝无仅有初次看到的电视剧，妹妹也能准确猜到罪犯是谁。澄子不耐烦起来，不再问她了。于是，不管多简单的小故事，贵子都不再认真，净发表一些愚蠢的推理。"你可真够迟钝呢。"听到姐姐这样笑话自己，贵子放了心。之前贵子为了消磨时间，辗转做些不用负责任的工作，逢场作戏地在男人家里寄食。虽然也一个人生活过，但和别人一起的时候要长得多。她不怎么看电视。

"人被杀的原因绝大多数不是因为怨恨，而是因为钱的问题呢。"

看到一对年轻夫妇杀害富有的女演员之后行径暴露，澄子感慨地叹息道。

"如果允许我可以只杀一个人，我肯定要杀了那个贪婪的女人。她迷上了爸爸的钱，只给我们这么个破房子。你要杀谁？"

"我要杀了姐姐你。"贵子在磨指甲，笑着回答。

"讨厌。不要说吓人的话嘛。而且就算杀了我，你不也还只剩下这破房子？或者你是因为怨恨才要杀我？"

出于本能杀你——贵子没有说出声，只是动了动嘴唇。澄子怯怯地等着妹妹回答。看着姐姐刀痕状的眼睛，贵子也渐渐胆怯起来。

"我胡说的。若是我和姐姐中任何一个被留在这个地方，天堂里的妈妈会伤心吧……"

父亲的后妻巧施诡计，继承了大笔遗产，只给姐妹俩留下这处绿地。父亲年富力强时曾有大把的情人，没准儿还把遗产的几分之一给了私生子，但姐妹俩谁都未曾动过猜想这种可能性的念头。除了这个姐姐，除了这个妹妹，不可能存在同父的哥哥、姐姐和烦人的小不点儿，只有她们才是继承了伟大父亲血统的唯一的孩子。

"完全正确。"

在洒落着绿地夜晚的灯光的房间里，这样子并排看电视，两个人感觉被伟大的妈妈的恩宠包裹着，温暖而又无比地深沉。母亲的身影如今已经非常浅淡。无论姐姐还是妹妹，都已将母亲在比自己年轻许多的年龄故去一事忘得一干二净。

　　梅雨初歇，紧接着就是烈日炎炎。礼拜天，一个老人推着堆满冰激凌的贩卖车，来给团员鼓劲。

　　老人走进排练室的瞬间，全体团员立即放下乐器，摆出肃然静听的姿势。

　　老人是这个鼓乐团的赞助人。姐妹俩仰靠着坐在排练室角落的椅子上，等着发冰激凌，老人的讲话却迟迟不结束。都已经连续讲了十分钟，站着的老人没有倒下，坐着的团员也没有一人站起来。姐妹俩想早一点吃上冰激凌，急得坐不住了。这间排练室热得很，澄子戳了戳贵子的侧腹，使了个眼色。再不快点的话，冰激凌该化了吧？贵子摇摇头，打开从家里带来的填字游戏。澄子不依不饶地继续戳贵子的肩和腿。"住手！"贵子的声音响彻排练室，将老人的声音挤到了一边。"怎么了？"鼓乐老师马上跑了过来。吵架的时候，这对姐妹坚硬的内心会有短暂瞬间恢复柔软，会生出容得一个小婴儿钻过去的空隙。空隙里依然存在商机。

"难受。喉咙渴。"

大声叫嚷的中年女人目中无人，让赞助商老人怒上心头，他不示弱地提高了声音。他的侄子创立了这个乐团，是个年轻有为的悠风宁号乐手，却在三年前死了。他抱着悠风宁号，与其说在吹奏乐器，看上去更像是在抱着金色花束笑。疾病侵蚀了他的身体，他却一天不落地排练到临终之日。虽然得了胰腺癌，却很了不起。

胰腺癌——听到这个词，被青年牵着手走向排练室大门的姐妹俩立即热泪盈眶。而且她们感觉自己之所以能够勉强和这些永远无法亲近的人同在这间闷热的屋子里共处，也全都是因为死后变得愈加聪明的父亲的引导。何止如此，也许连组建这个乐团的其实都不是那个吝啬糟老头的侄子，而是自己的父亲。既然如此，也许连因患胰腺癌死去而令那老人悲痛的也不是他的侄子，该真真正正是自己的父亲。冰激凌拿来了——在走廊里等了一会儿，青年将创可贴一样的小木勺连同小杯子递给姐妹俩。

"那老头儿话太长了。等他讲完了，那老头儿和大家都在里面化成白骨了呢。"澄子吃了一口冰激凌，愤愤然说，"这个冰激凌没味道。"

"有啊，这是牛奶味的。"

"可是我想吃香草味的。"

"抱歉，只有牛奶味的。"

"白色冰激凌就应该是香草味的吧？那老头儿肯定是得了痛风还是什么病，痛得都不会正经考虑问题了。"

"其实这里的厂家还是牛奶味的有名。"

"连老人都糊涂了，这个世界也就完蛋了呢。靠得住的只剩下我们中年女人了。哎呀，真烦死了。"

"姐姐你这人凡事不发牢骚心里就不舒服。"

澄子抱怨着的时间里，贵子迅速将发的冰激凌吃成平整形状。这会儿她正舔着冷透了的嘴唇瞄准第二个冰激凌。青年将小勺放在冰激凌杯旁边，神情莫测地点了点头。

"因为要是连一句牢骚都发不得，这世界就朝着我倒下了呢。所以说理所当然嘛。"

你真是无知啊。澄子将杯子倾斜，把融化了的白色奶油用小勺导进嘴里。

"要不我去买杯咖啡什么的吧。"

"那个……你还真是机灵呢，拜托了。"

青年回收了空杯子和小勺，神清气爽地沿着马路跑开。望着他的背影，澄子终于小声嘀咕了句这几个星期他最想听到的话。

"我也想加入他的保险了呢。"

贵子吃了一惊，差点儿不小心咬到舌头。

"不要，姐姐。"

"为什么？你不是加入了吗？你加入的什么保险？"

"我当然是骗你的。我不可能加入。"

"那么现在咱俩一起加入吧。"

"姐姐，咱们可不能上当啊。那个人是在巴结我们呢，他是为了工资。"

"工资？"

"把我们拉入保险，他就能拿到钱了。所以他才对我们好的。全都是为了工资。怎么想都是这么回事吧？"

"你是在钻人空子呢，多卑鄙呀。"

"被钻空子的人是咱们。姐姐你都没察觉，真是个糊涂人。不谙世事也得适可而止。"

"你真是个本性扭曲的女人啊。对咱们这么好的年轻人你都说了些什么！而且，加入保险不也是好事吗？"

真不能和痴呆症老人交往啊！贵子咋舌了。仿佛配合她的节奏一样，响起轻快的脚步声，抱着三罐咖啡的青年回来了。接过来的一瞬，澄子"呀"了一声。

"太凉了吗？"

"对不起，因为是夏天，没有热的……"青年垂下头，却又马上说，"那我给热一下吧。"他交握着被推回来的易拉罐，面带笑容。傻瓜，那样做也是白搭吧。澄子转向一边，却急切盼望着用马上变温的咖啡让胃安静下来。

排练室里，老人念经般的讲话还在继续。

窗外东边低低的天空上堆着大朵的积雨云。

迎面吹来的潮闷的热风拂动姐妹俩的头发，没有染透的白发很是触目。

离海洋节还有一星期，排练连日持续。排练结束之后，姐妹俩就由青年开车送回绿地的家里。

节日前一天，澄子惋惜这样的乘车兜风就要结束，希望贵子请青年进来喝杯茶，贵子却什么都没说。她都没送一下把她们送到门口的青年，说了句"我去化妆了"，就又把身上的衣服随手脱下来一扔，朝着梳妆台走去。

"明天正式表演了，今天休息吧。"

澄子追了过来，语气强硬地说。

"不要。工作是工作，我不休息。"

"有重要事情的前一天必须早睡，而且你已经是老年人了。"

"我比姐姐年轻三岁，我才不是老年人呢。"

"不，你和我都是老人了。"

"你就是因为老是说那些话，又不运动，才发胖的嘛。"贵子丢下这句话，拿起大大的粉扑开始在脸上拍。

"我今天本想和他说保险的事情……"

"我才不加入什么保险。"贵子眯缝起眼睛画眼线。

"可是，如果明天的游行有个好歹可怎么办？"

"什么有个好歹？你是说会突然发作或者可能遇上事故吗？"

"对呀。就是这样。谁也不能否认有那种可能性吧？"

"这么活蹦乱跳的，谁也不可能死吧？"

"保险不是为了死的时候，活着去看医生或者住院时需要花的钱像山一样，你连这都不知道吗？说得趾高气扬的，你才是一直不谙世事呢。"

"傻瓜啊，姐姐。"

"你才是傻瓜！"

本以为她会起身朝自己来，贵子却一句没有反驳，不像平时那样应对挑衅。没能挽留青年的懊恼火上浇油，澄子无论如何都想阻止妹妹继续化妆的手。

"你这样品行不端的女人简直少见，见到是男人就人人皆可。"

"你这突然说了些什么？你在说什么？"

"你就是一个得过且过的毁灭型的人，所以也不需要保险，而且自食其果，瘦成这样一副可怜的皮包骨头相。你不是个像我一样努力积蓄的人。"

"姐姐有为积蓄什么而努力过吗？"

"当然有。很多呢。虽然你都无法想象。"

"好吧，除了那身肥肉以外，姐姐给我展示一下积蓄的东西吧。"

贵子这会儿终于回过头，和澄子对望着。

"就现在。瞧，是吧？还不是什么都没有？"

澄子无言以对，贵子心满意足地眯缝起眼睛，重新面对镜子。

澄子不去看镜子里那张雪白的脸，而是冲着布满青斑的后背，说："你能够在这里生活全是仰仗我呀。""啊哈哈！"贵子笑了，开始把眉毛画成弯弓形。

"真的。爸爸本打算把这所房子留给我一人的。这房子是在我一人的名下，你没有任何权利，你只是寄居。你必须明白这一点好吧？懂了吗？"

"我们不是边哭边听爸爸说，自己死后要我们一起住在这里的吗？连律师都在场。反正如果姐姐万一在明天的游行中突然中风或者被车撞死的话，我会独占这里，自由自在地生活。"

"你说什么？"

"我会把尸体和鞋子，以及姐姐所有的东西统统烧掉。因为姐姐太胖，只怕连火化都需要特别费用啊。你可怎么给我呢？"

"我不会让那种事发生的！因为你比我晚出生，也会比我先死的。像你这么单薄的人死了，也许这世上谁都不会发现！"

因为澄子从口袋里拿出糖扔了过来，贵子的手把握不住，眉毛画到了额头上很大一块。

"够了！我忙着呢！你太烦人了，一边待着去！"

因惹急了妹妹而稍稍宽心的澄子去厨房喝提子饮品。每咽下一口甜水，都看得见她那盖在拉伸到极限的棉 T 恤下的大肚子在晃动。"好吧，除了那身肥肉以外，姐姐给我展示一下积蓄的东西吧。"妹妹的话再次响起，让她的肚子摇晃得更厉害。澄子把空空的纸盒扔到地板上。

除了这身肉之外，自己积蓄的东西到底是什么？不用考虑，那当然是钱，虽然除了钱以外或许还有别的，但眼下一时记不起来。澄子非常珍惜地、一点一点地花着年轻时父亲给她的山一样多的钱，活到了五十八岁。积蓄保护着澄子。甚至在澄子死后，都可以用在火化她的遗骸上，还可以变成气派的墓地永远留存。可是爸爸，爸爸留下了什么？她这样问，爸爸站在窗外悲伤地微笑：是啊，澄子，钱已经彻底没有了。爸爸留在这世上证明自己活过的证据是你们两个，只有而今

174

谁也不会追求的你们两个废物女儿，还有这片绿地啦。其实爸爸的人生已经彻底终结了啊。

爸爸，你好可怜啊，爸爸！澄子心里充满了羞愧，那种几欲燃烧的羞愧促使她径直走向妹妹。贵子正蹲在镜子前面，屁股冲着自己，正在卷头发。

"你必须更加感谢才行。"

"……"

"你必须要感谢啊。无论是对这所房子，还是对给我们留下这所房子的爸爸。"

"……"

"你在听吗？"

"在听着呢。"贵子拿起最后一个发卷，想要卷后面多余的头发。"姐姐，别看着，来搭把手嘛。"她说，姐姐却并不走过来。无奈，她只好自己卷起来。今天穿什么洋服呢？贵子一边哼着歌儿，一边一件一件地打量着挂在衣架上的珍藏洋服，把一件前胸几乎四敞大开的黄颜色连衣裙拿在手里。"又这么扮嫩！"她本以为理所当然会被怒吼，谁知姐姐竟铁青着脸立在那里，一言不发。贵子穿好连衣裙，松开发卷，用束发发夹束好打卷儿的头发，给全身一点不落地喷洒玫瑰香水。"那我走了。"贵子贴着姐姐身边走过，向着玄关走去。姐姐无言地跟了过来。

"借一下你的鞋子哟，就是姐姐那双第五十大道的鞋子……"

贵子把一只脚穿进鞋里。"我不让你去！"澄子突然抓住贵子的手腕，把她往里拽。

"你干什么嘛！好痛，放开！"

"明天是节日了呀！有游行呀！难道你打算这辈子都不再回到这里了吗？！"

"姐姐，你不会脑子当真出问题了吧？"

瞅了个时机，贵子从水蛭妖怪一般的手腕中滑脱逃开，整理好弄乱的头发和衣服，朝姐姐转过身来。

"你当真适可而止吧。你以为自己几岁？我真觉得姐姐丢人。不光是现在，从过去一直如此。虽然一切为时已晚，但现在我真是受够了。和姐姐一起生活，我真的会疯掉。所以我现在就要出去。"

"不行。你绝对不能出去！"澄子一点一点逼近妹妹，"这可是爸爸的临终遗愿啊。你要是走了，就是这世上最不孝的人啦。你一辈子都不能离开这个家，而且明天要和我一起在游行队伍里敲鼓。"

"我不会和你一起敲鼓。因为加入那个鼓乐团的只有我一人。"

澄子一惊。确实，按照青年的邀请在鼓乐团里登记入团的只有贵子。话虽如此，现在应该是自己敲得好得多，因为她那样努力地练习。那样的自己明天只能夹杂在那群没出息的人里，独自一人沿途挥手，那情景实在令人难以置信。

"行了，那孩子肯定会帮我想办法的。毕竟那孩子一个电话就会赶过来呢。他应该会让我们俩一起敲鼓的。不可能办不到的吧？我们要一起游行啊。"

"那孩子的事情怎样都无所谓。我一直没说，那男孩子和姐姐过去的恋人一模一样吧？就是三十四岁时抛弃姐姐的那个人。姐姐你是不是以为那人再次出现了呀？你错了呀。你善待那孩子，并不会减轻自己的罪过啊。要是你那胖肚子再一次……"

澄子狠狠一掌打在妹妹脸上。

"你干什么嘛！你这肥婆！猪！"

姐妹俩久违了的扭打笨重而吵闹，十分不堪。两个人先是向前伸出两只手，想凭力气扳倒对方，但显然重量级的澄子更占优势，贵子就像稻草人一样，几乎不出声音地仰面倒在地板上。不过，习以为常的贵子会骨碌碌翻滚着逃进四只脚的沙发下面。澄子低吼着掀翻沙发，压在目瞪口呆的妹妹身上，想要揪住她本就稀疏的头发。贵子用小心翼翼染过的尖指甲挠澄子的脸。啊啊啊啊！呜呜呜呜！噢噢噢噢！如同蹩脚的牧歌般的战斗中的叹息响彻房子。不到看见对方流血，两个人没打算停下来。姐妹俩一边在地板上扭成一团，一边继续着激烈的攻守。澄子卡住贵子的脖子，贵子拿起伸手触及的空提子饮品纸盒狠狠打向澄子的侧脸。于是澄子也伸出手，拿起囤积如山的未开封的提子饮品，狠狠击打妹妹的侧腹。排骨女！神经病！你那里都烂了！快要臭死了！贵子也抓起一盒存货，两个人用纸盒互殴。一会儿，盒子侧面破了，加味的砂糖水哗啦哗啦地冒了出来，贵子直接从破口处把水含在口里，使劲向姐姐脸上喷去。骑在蜷成青虫般的庞大身躯上，贵子高高举起纸盒，被按倒的澄子眯缝起赤红的眼睛，面露得意的笑容，说：

"你的脸简直和棺材里的妈妈的入殓妆一模一样！"

贵子被这么一说，再次高高举起纸盒。

"死老婆子，赶紧死了下地狱吧！"

就在短短一瞬间，仿佛软囊囊、冰冰凉的肥肉般的沉默封住了两个人的嘴。

接下来的瞬间，姐妹俩放下纸盒，争先恐后地跑向桌子角，想用自己的头往上撞。知道做不到，便又试图自己勒住自己的脖子，拿另一只手拼命阻挠对方和自已如出一辙的动作，绝对不让对方那样做。这全都是为了不被剩在后面，为了不被独自一人丢在这所房子里。

扭打之间，不知是谁什么时候打开了窗户，窗户里吹进夏日的夜风。

那是她们已然失去的吹向故乡的风，风儿给她们的儿童房里送来橡胶和栀子花的香味，黄昏骤雨、台风和雪的气息，还有一天的开始与结束，然后又夺走这一切。而今她们俩哭泣着，挣扎着，企图将一直隐藏的秘密按回彼此衰老的身体里。是啊，确实总是如此啊。无论那个房间还是这个房间，除了我们两个人以外空无一人了啊。无论和谁一起生活，还是去多远的远方，这世上除了这样的你我，永远也不会有任何人存在了啊。

混战一直持续到深夜，最后两个人都筋疲力尽，躺倒在被各种水分濡湿的地板上。

夜风吹过绿地，摇曳着树木，将虫儿从远方送来，却无法把姐妹俩吹醒。

安置在商店街空地里的帐篷下面，姐妹俩为了让布满咬痕、黑眼圈和跌打伤的脸看上去稍稍光彩照人，涂满了特制的舞台化妆油。

眼影的颜色是祖母绿，和这晴空丽日很是般配。贵子身穿乐团发的带蓝色流苏的西装。澄子也不甘示弱，穿上自己唯一一件真丝连衣裙和让人在第五十大道买来的鞋子。鞋子用热水泡涨，塞满石头，再用干燥机弄干，澄子的大脚虽然瘀肿，却也勉强装下了。

"帮您拿些饮料吧？"一个规规整整戴着深四角帽子、穿白西装的人问。不是别人，定是那保险业务员恭恭敬敬跑过来讨好姐妹俩了。"我想这就马上加入保险，为了防止在这次游行中出现意外。"澄子说。"那我马上去拿小册子！"青年铙钹般的脸熠熠生辉，不知跑去了哪里。

"咻咻——"响起尖锐的口哨声，团员排好队列。站在队列前头的是身穿特制带金色流苏西装的赞助商老人。西装的白看着也和别人不同。尽管排练期间只过来送了一次冰激凌，但他才是这个鼓乐团永远无以替代的总指挥。老人高高举起有晾衣竿般长短的长长的指挥棒，吹响二短三长的口哨，鼓乐队开始敲响节奏。

贵子走在八人组成的小鼓队最后面。澄子挥着旗子，不断推开沿路的看客，喘着粗气追赶妹妹。没穿惯的鞋子挤疼了她的脚，尖尖的脚趾仿佛马上就要挤破鞋尖露出来。无暇顾及痛苦的姐姐，排在白色队列里的妹妹不断地往前走。末尾那对演奏竖式铁琴的姐妹也斜视着澄子，笑着超了过去。澄子发现沿路的酒馆前放着堆放啤酒箱的手推车，赶忙将箱子搬到地上，将肥胖的身体乘上手推车，单脚用力蹬地。在游行队伍后面追赶着的她扬起惊人的速度。突如其来刮起一阵暴风，演奏竖式铁琴的姐妹俩小小的身躯在追赶中从地面上微微浮现。

她超过悠风宁号，超过萨克斯，超过单簧管，超过长笛，超过短笛，超过小号，超过长号，也超过了大鼓和中鼓，这才总算看见了妹妹的背影。澄子把乘的手推车扔到路边，呻吟着猛跑起来追赶行进中的妹妹。感觉到非同一般动静的贵子无意中抬眼看向旁边，却看见身体前倾着几乎要扑倒在地的姐姐正以令人难以置信的速度沿路追来。一眼看见她脸上露出的可怕模样，贵子想，真该让她加入保险的。贵子又是后悔又是狼狈，手情不自禁地停下敲鼓。那一瞬间，仿佛发现黑暗中珍藏的宝物，澄子脸上顿时绽放光彩，径直指着妹妹大叫：

"瞧瞧你哟！又错了！我敲得更好！比你敲得好多了！"

澄子沿路飞奔，夺过走在妹妹身边的年轻女人的鼓，高高举起鼓槌，毫不犹豫地敲响第一下。然后她紧盯着前方，一边表演拿手的鼓乐，一边大踏步走起来。妹妹紧随其后。

排在队列里的姐妹俩一边使劲敲响小鼓，一边从一丝不乱的乐队队列中脱离出来，靠向了路边。她们迈着飞快的脚步，超过了小鼓队，超过了铙钹队，甚至超过了高举指挥棒的乐队指挥。她们现在在游行队伍的最前方。"让您久等了，抱歉。瞧，保险手册我拿来了！"用鼓槌使劲敲向从对面跑来的青年保险业务员，踩着倒地的他，两个人继续前行。满怀激动和骄傲，她们的眼睛熠熠生辉。

向着更广阔更广阔的地方！向着更高更高的地方！哪怕越过绿地，她们也没有停下脚步。

刮起那一年最大的南风，鼓槌飞上天空。

即便如此，旋律依然未停，姐妹俩不管不顾，带着笑容继续走下去。

KAZE

Copyright © 2014 by Nanae AOYAMA

First published in Japan in 2014 by KAWADE SHOBO SHINSHA Ltd. Publishers

Simplified Chinese translation rights arranged with KAWADE SHOBO SHINSHA Ltd. Publishers

through Japan Foreign-Rights Centre/Bardon-Chinese Media Agency

All rights reserved

The cover design/illustration is based on the original Japanese edition by Akira Sasaki (佐々木暁)

图字：09-2015-339号

图书在版编目（CIP）数据

风 /（日）青山七惠著；蔡鸣雁译.—上海：上海译文出版社，2021.6

（青山七惠作品系列）

ISBN 978-7-5327-8612-1

Ⅰ.①风… Ⅱ.①青… ②蔡… Ⅲ.①短篇小说—小说集—日本—现代 Ⅳ.①I313.45

中国版本图书馆CIP数据核字（2021）第047978号

风　　　　　　　[日]青山七惠 著　　　出版统筹　赵武平

　　　　　　　　　　　　　　　　　　责任编辑　缪伶超

風　　　　　　　蔡鸣雁 译　　　　　装帧设计　陆智昌

上海译文出版社有限公司出版、发行

网址：www.yiwen.com.cn

200001　上海福建中路193号

苏州市越洋印刷有限公司印刷

开本 850×1168　1/32　印张6　插页6　字数 60,000

2021年6月第1版　2021年6月第1次印刷

ISBN 978-7-5327-8612-1/I·5312

定价：52.00元

会社に着ていけるような服はない。わたしは窓辺に立って、かつて家があったと思われる方角をしばし眺めた。

部屋の灯りを消したあと、もう一度実家に電話した。「もしもし？」苛立しそうに受話器を取ったのは母だと思ったけれど、「どうした？」と言ったのは父だった。「お父さん？」と聞くと「おばあちゃんだよ」と返ってきた。わたしは帰ってきたら家がなくなっていたことを話した。それだけではなく旅先でバッグを盗まれたこと、一昨年はひったくりに遭ったこと、さらに過去にさかのぼって二度の置き引き、交通事故、数えきれない忘れものと失くしもの、それまでに起こったありとあらゆる不運についても話した。ときどき咳き込みながら相槌を打つ電話口の向こうの声は、三人の誰でもないようで三人全員の声だった。

でも今度は家だよ、家がないんだよ。わたしは泣きながら言った。もういやんなっちゃった、どうしてわたしばっかり、こんなにつぎつぎ災難に見舞われなくちゃいけないの？

すると父と母とおばあちゃんは言った、

贅沢なことを言うんじゃないよ、それはおまえがおまえの人生を生きている証拠じゃないの。